從翠玉國到濟諾塔島

Du pays de Jade à l'île Quinookta

ATLAS DES
GÉOGRAPHES
D'ORBÆ

François Place

歐
赫
貝

奇
幻

地
誌
學

J-Q

陳太乙 —— 譯　　　法蘭斯瓦・普拉斯 —— 著

我喜歡讓故事在時間和空間上引導自己，而那些不同思考方向所描繪的，

全都是自己的內在，或是某次夢境或夢魘的片段⋯⋯

我從未試圖思考或傳揚什麼哲學思想，

只冀求透過創作，幫助讀者更有趣地抽離自己身處的城市，前往別處遊歷，

即使那些地方已經不復存在，甚至只活在我們的想像之中⋯⋯

FPCACE

歐赫貝
奇幻
地誌學

Du pays de Jade à l'île Quinookta

ATLAS DES
GÉOGRAPHES
D'ORBÆ

François Place

J-Q

從 翠 玉 國 到 濟 諾 塔 島

曼陀羅山脈
Montagnes de la Mandragore

瞭望塔‧地圖繪製行動‧國土部‧曼陀羅君主‧恐懼症‧雙心巫師‧曼陀羅草‧地下戰士之傳奇‧尼丹‧帕夏的故事‧

石族沙漠
Désert des Pierreux

沙漠之行‧長城計畫‧丈量土地的奴隸‧三十二頭像‧巨龜‧冰雹暴雨‧乳酪項鍊‧石族史書‧掘地鵜鶘‧寇斯瑪的故事‧

歐赫貝島
Île d'Orbæ

祕密探險‧地理邪派審判庭‧盲人行會‧宇宙誌學院‧彩繪室裡的女製圖師‧薄霧之河‧黑暗之地‧歐赫德流士鳥‧母圖‧磁石‧歐赫德流士的故事‧

尼蘭達王朝
Royaumes de Nilandâr

納吉安和惹妮妲‧納利巴和阿麗莎德‧王室婚禮‧馬林迪國王的長頸鹿‧中間島‧南加丁的誕生‧兩省戰爭‧王子的流亡‧納利巴淒慘的結局‧

濟諾塔島
Île Quinookta

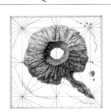

異常信號‧信天翁號之偵察行動‧風平浪靜‧叛變‧激戰‧食人族的盛宴‧聖園‧老嫗們‧孔雀樹‧火山口‧濟諾塔之殉祭‧布瑞博克船長的故事‧

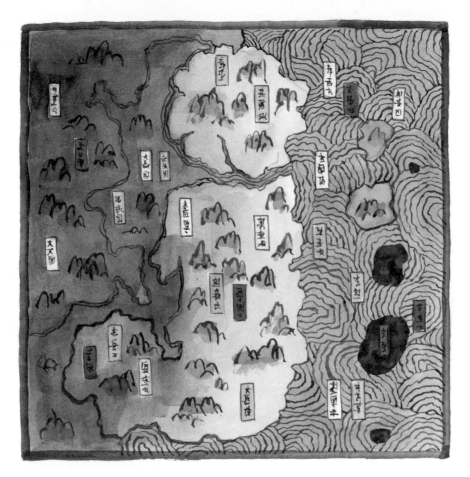

翠玉國

Le pays de Jade

每年翠玉國的皇室貴族都會暫離京城,移駕山中,以享季節之美。
百年老松冠山巔,各種活動在此輪番上演:狩獵競賽,瀑流下陶然沐浴,月光下賦詩比對。
在這段時節,老天爺若敢降下一滴小雨,那可是對聖上國君的大不敬。

那天早晨，皇上從樂眠宮走出來，踏在清新的草地上，細細品嘗黎明初醒的朝陽。他張開鼻孔，閉上眼睛，深深呼吸，短胖的小腳趾不由得蹭起鮮嫩的青草。當烏雲遮蔽翠玉山山頭，他莊嚴的面孔也籠罩了一層陰霾。

一顆雨滴落在他象牙般光潔的額頭上，冰冷而沉重。他心中氣惱不已，不禁皺起眉頭。而那顆雨滴沿著他的左眉滑下，緩慢得叫人發狂。於是他連續擊掌三響。

一名太監來到他腳邊跪下，膝上架著寫字檯，紙卷鋪開，毛筆沾墨，屏息靜待皇上發落。距他三步之處，一名差使蓄勢待發，馬兒的前蹄急躁地踢蹬。還有一位大臣對著皇上深深跪拜，頭幾乎碰地，右手中持著神妙快旨封印。

這三人皆喉頭發緊，掌心出汗。

「所以，老天爺決定再次跟朕作對，破壞朕的好日子。」皇帝的聲音聽起來婉轉如鳥啼。「那兩個沒大腦的渾球占星師，竟然再次預測失準！他們該受點教訓。來人啊！將他們脖子套上枷鎖，然後去把那個窩在京城宮裡偷懶的年輕占星師找來。叫他五更來見朕！」

話才說畢，毛筆已謄好了命令，對折的紙束也用皇印蠟封，差使已帶著快令出發……翠玉國皇帝轉身回房，雨滴大點大點地打落在絲帳宮上。

時辰已到，年輕占星師韓濤跪在翠玉國皇帝面前，兩手攤在地上，臉孔深埋其中。他不敢抬頭看另外兩名占星師：朱同和杜千。他們是他的師父，曾經那麼風光得意，現在卻縮頭縮腦地銬在三十斤重的枷鎖裡；滿是皺紋的額頭下，哀怨的雙眼無奈地溜轉。傳旨的大臣先朝著他們訓了一頓：

「朱同、杜千，你們兩人真是膽大包天！居然有臉以朝廷高官自居？早該面紅耳赤，找個地洞鑽進去，免得後世百代都蒙羞！一個月都還沒過完，狂風已經侵襲三次，暴雨也三度前來擾亂宮裡的清幽。就連剛出生的小鴨都比你們清楚哪天刮風哪天下雨！」

然後，他轉身對年輕占星師說道：

「韓濤，你有八天的時間去找出答案，為什麼這兩隻頂著木板頸套的老頑猴沒辦法預測到這些暴雨，平白辱沒了逐日會的美名！如果成功了，你將會被任命為朝廷首席占星師，掌管逐日會，並由你來決定每日夏營駐紮之處。在你找出解答之前，朱同和杜千兩人每天各打十大板。你若沒達成任務，你們三人的人頭就要掛在無恥之徒的巢穴示眾！快上前領取你的通行證和聖旨，願你克盡本分，公正地完成調查。」

韓濤看了朱同和杜千一眼，這兩位師父曾領他入門，學習星辰和雲朵的學問。他深深一拜告別，倒退著離開，像是猛虎當前的龜孫子。然後他去找焦廷，那一輩子侍奉他兩位師父的僕人。

「焦廷，我有一事相求，請你隨我一起去找解答，助我一臂之力。你那兩位主子的命運端看這次任務能否達成。」

焦廷答應了。他們替馬上鞍，駕馬碎步小跑，奔向遠方。如此一口氣跑了十來里，路上沒說一句話。在他們頭頂上方，翠玉山脈的巔峰綿延，一道薄霧纏繞，宛如幻

境。韓濤心想：過去，他的仕途前景一片大好，如今卻似雲搭的城堡，毫不牢靠！他韓濤是筆林學院的高材生，但在皇帝手中的分量，僅如風神捏在掌心的一片樹葉。然而，他確定自己能找出到底是什麼東西在作祟，害他的兩位師父無法準確預測氣象。自他與焦廷作伴，踏上這攸關命運的道路起，這些念頭便時時在他心中翻攪。

天色剛昏暗下來，他們搭起營帳。

「焦廷？」

「是，主子。」

「焦廷，我們的師父堪稱翠玉皇朝宮中最出色的占星師，一向盡忠職守，怎麼會捅出這麼大的漏子？難道天候已如此變化多端，再也難以探測？還是說，他們已活得不耐煩，也厭倦榮華富貴，大意輕忽，以致落到這般田地？」

「韓濤少主這幾個星期都留在京城宮中，所以對於事情的來龍去脈有所不知。暴雨長巾在夏宮上方碎裂，絕不是朱同和杜千兩位主子的責任。都是太陽鳥在作怪，牠們胡亂鼓譟，簡直像醉醺醺的燕子。以前，牠們會指出陽光普照的山谷，如箭中紅心一般神準。現在卻不一樣了，牠

們在藍天中劃出的路線令人難以理解。」

「那就表示牠們生病了，或者是你們沒把牠們照料好。」

焦廷嘟噥了一聲，有些忿忿不平。他小心翼翼地掀開鳥籠罩的絲綢布邊，露出一隻太陽鳥。韓濤趨前觀看。尊貴的鳥兒受到驚嚇，因有人膽敢打擾牠休息而惱怒不已。那真是一隻華麗的禽鳥，一身熾熱火紅，十足是隻眼睛黑溜溜的小龍，氣勢逼人。

韓濤輕笑一聲。

「焦廷，我向你道歉。這隻太陽鳥確實配得上翠玉皇朝。睡吧！明天，我們去紅松林，去向漩渦僧打探線索。」

焦廷鞠躬退下，去布置臥鋪。黑夜，宛如漫入水邊蘆葦叢的輕煙，悄悄地掩上他們的睡眼。

且讓我們溜過長夜，進入天明，於紅松林金色的樹蔭下再會。

在他們坐騎的蹄踩之下，綿細的沙土凹陷。細沙小徑蜿蜒於一座座岩石小島之間。有些岩塊高大如峭壁，頂上生長著百年老松。

韓濤心裡究竟打著什麼算盤，焦廷完全摸不著頭緒。

「今兒我兩位可敬的老主子又各被賞了十大板。而這一位卻到處碰運氣，不慌不忙，彷彿時間很充裕似的。真是個沒心肝的傢伙！」想到這裡，焦廷悲傷地搖搖頭。

正在難過的當兒，從他上方約十五呎處，一聲叫喊響起，接著一聲自左方傳出，隨即又於正前方響起了第三聲。整座森林處處是絲緞摩擦的細碎聲響，火球從四面八方躍出，發出恐怖的嗚嚎。他的坐騎驚惶仰立，差一點把他給摔了下來。然而，在他尚未來得及回神鎮靜之前，第二波喧嚷又排山倒海而來。

這一次，他看清楚了：在那些火球漩渦中間的竟是活生生的人。他們頭下腳上，在空中翻滾，從一塊岩石跳向另一塊，自山頂而下，一路不停叫嚷，如此令人嘆為觀止地空翻了上千次，才紛紛輕巧著地，絲緞長袍翩然垂落身旁。

「喏，焦廷，說說你的看法？」韓濤連睫毛也沒眨一下，側轉過身，對他發問。

漩渦僧群將兩人團團圍住，但他們這會兒倒安靜下來了，動也不動，像一尊尊雕像，光溜溜的頭頂在矮樹林中閃閃發亮。

「請主子原諒，」焦廷結結巴巴地說：「奴才的腦袋瓜不比剛孵出的雛鳥大多少……」

「這不是明白得很嗎？焦廷？根據這些僧人在空中翻舞出的漩渦指示，過了白沙流之後，我們得朝日落的方向前進二十里，然後……」

「然後呢？我的好主子？」

韓濤的臉微微紅了一下。

「嗯，只剩一小部分我沒能解讀出來。可惜，火球派的僧侶在空中書寫的速度比雪球派快得太多了。」

他下馬落地，從衣縫中掏出一塊銀條，對長老僧人恭敬地作了個揖，在銀條下墊放一條錦緞長巾，遞送上去。

長老僧人將獻禮收入口袋，打了個手勢，所有漩渦僧人倏地一鬨而散，絲緞啪啦振響。

這一晚，焦廷與韓濤夜宿白沙流。

隔天在二十里路外，十竹河淺灘旁再見，一株灰柳下繫著馬匹……

韓濤坐在河灘上，朝水裡扔石頭，面有憂色。

「主子，餐點已備好。」焦廷在他身後喊道。

焦廷一面擺設碗盆，一面用眼角偷偷觀察年輕主子的

背影，那樣地漠然看不透，簡直是一個穿戴著絲綢的謎。

「主子，難道您不想用點餐嗎？我們可趕了好長一段路哪！」

韓濤卻紋風不動，專注地觀看流過蘆草叢的水波。一艘輕舟搖來，划船的是兩名笑嘻嘻的孩童。一個把屁股翹得老高，另一個則吐舌頭扮鬼臉。焦廷氣得跳腳，準備好好教訓這兩個兔崽子，卻被韓濤作勢攔下。

「別管這些孩子了，隨他們去吧！焦廷，我們最好立即動身，前往五鬼臉嶺。快上路！」

說起五鬼臉嶺，無人敢掉以輕心。去那兒的路只有一條：沿著狹隘的山崖小徑一圈圈往上爬。潺潺山澗流經其中，更使這條險路滑溜得有如鱒魚的背脊。只要腳步一個錯亂，足以讓人跌墜萬丈深谷。主僕兩人好不容易抵達山巔，才一來到，便遭一群掠奪猴襲擊。這種獸類比梁山泊那一百零八條好漢更叫人膽顫心驚。韓濤命令焦廷把一半糧食留給牠們，另外還獻上兩塊石墨。這些愚蠢的動物喜歡用黑墨在屁股上畫一堆醜陋可笑的圖案。然而，掠奪猴王仍不滿意。牠還想要更多，於是咬牙切齒，搥胸頓足，

在兩人與牠手下那幫大嚷大叫的猿猴土匪之間的斜坡上，來回遊走。焦廷已抓起了弓，並架上一支塗了蛇黃的毒箭，但韓濤要他把箭收回箭袋。這位年輕的占星師伸手探入長袍內，行禮如儀，獻上皇帝所賜的通行證。猴王立即停止叫囂，並命令其他猿猴安靜。牠接過那張羊皮紙，正面瞧瞧，反面瞧瞧，鼻尖頂在象形字上，湊近嗅一嗅，另一隻手則搔著後腦杓。然後，牠露出鄭重的表情，鼓起胸膛，表示一切談妥議定；然而放過這兩頭肥羊，猴王卻又顯得頗為沮喪。兩名旅人在五鬼臉嶺的另一側山坡過夜。

且讓他們好好休息，平復深山遇劫之驚嚇。同一時間，他們的兩位師父，囚禁在漆黑的地牢裡，苦痛難當，輾轉難眠。而曙光女神奧羅拉伸出了玫瑰色的手指*，引領我們至隔日清晨。

韓濤在一道沁寒的瀑流下梳洗。焦廷睜大了眼睛觀看

*譯註：原文「l'aurore aux doigts de rose」出自荷馬史詩。

（他這一輩子從未洗過澡）。韓濤從容地穿戴整齊，心情愉悅，啃了一塊米糕，走到雲海邊坐下。

「那現在我們該做什麼呢？主子？」焦廷擔憂地問，他剛為坐騎繫好馬鞍。

「等啊，我的好焦廷，等就是了。」

於是，整個上午，韓濤一動也沒動，面眺虛空。山巔岩角一個接一個自嵐煙中冒出，宛如一艘艘船艦，緩緩航出濃霧。韓濤的眼力訓練有素，發現在懸崖另一側上有一個極小的白點。那是一個人。

「走！焦廷，動作快！上路！上路！別再愣著發呆！」

他踹踢跟班的屁股，對那不悅的連聲抱怨充耳不聞。將近十來次，他們差一點把性命都送掉了，好不容易終於追上那名陌生男子。那是一位老人，飄著白鬍，目光閃爍，給人一種心不在焉的感覺。他剛在一卷紙上畫下一個人物，那人背著極為奇特的袋子和武器。韓濤向老人畢畢恭敬地作了三次揖，仍未能從他口中套出隻字半語。

「見鬼了！」他心想：「這老傢伙敢情是個啞巴？」

許久之後，老人終於肯把他們當一回事，眨了眨眼，雙唇自白色長鬚髯中吐出：「嗡……」

「果不其然！」韓濤歡呼起來，一面拭去自己被噴到的口沫。「可敬的老者！上天一定保佑您長命百歲，且賜您無邊智慧，讓您擁有苦瓜和尚獨一無二的生花妙筆！」

而後主僕兩人繼續向前趕路。

「主子，現在我們要找什麼呢？」焦廷又擔心起來。

「唉！焦廷，別告訴我你沒聽到。我倒覺得他說得很清楚呀！嗡……」

「我的好主子，請恕小的魯鈍，我還是看不出來…」

「蜜蜂啊！焦廷，蜜蜂！」

可憐的跟班，他真的受夠了，開始像個老太婆似地哀聲嘆氣。

「怎麼啦？這回又怎麼啦？」韓濤叱喝道。

焦廷吞吞吐吐地說：「我只是想到，我那兩位可憐的老主子，被囚禁在那沉重的枷鎖裡，至今已挨了三十大板，而這些時日裡，您卻天馬行空地四處閒蕩，只管追逐不切實際的怪念頭、怪鬼臉，而現在，竟然是蜜蜂……」

「別再哭哭啼啼的了！蠢奴才！要是他們當初肯為自己的過失多費點心，如今我們也不用在這兒忙累了！他

們仗著擁有一點淺薄的知識，就甜滋滋地享受，好比浸溺在蜂蜜中，不再長進。何必為他們的背脊擔那麼多心呢！長久以來，他們總在卑躬屈膝，腰哈多了，練得可柔軟的呢！倘若捱上幾板能讓他們挺直腰桿，倒也值得！來吧！走囉！」

「這個韓濤只不過是個沒用的廢物，忘恩負義、自以為是，真是沒良心的傢伙！」焦廷愈想愈氣：「今晚，我要撇下他出走！」

當晚兩人在一片竹林邊緣露宿。

銀白月光下，竹葉沙沙聲響伴哄他們入眠，靜待最初的露水沾濕葉片……

韓濤伸了個懶腰，打了個呵欠，躍起身，搓揉著雙手：「焦廷，我肚子餓了！焦廷！焦廷？」

他喊了半天，卻沒人回應。正如看倌您所料。

「見鬼了，這傢伙跑哪兒去了？啊！這是他的腳印。好個蠢奴才！詩人缺乏文采，才得意自己寫得一手蠅頭小楷；這蠢驢腦袋空空，能在泥地上重重留下足印，竟以此沾沾自喜。咱且跟這腳印走吧！」

他越上馬鞍，循跡尋找逃走的跟班。矮林中，陽光點點灑落，野兔與狐狸望著那欽差官人怒氣勃勃，策馬快馳，好比猛虎揚鬚，追捕驚惶失措的小鹿。韓濤一口氣快奔了五里，速度未見減緩，倒也沒讓滿腔怒火發作得不可收拾，直到聽到一陣刺耳尖叫，才勒住韁繩。

「主子，救命啊！主子！」

馬背上，韓濤坐直身子，側耳凝聽。

「畜牲！你在哪裡？」

「我在這裡啊！主子，您低頭看看。」

韓濤朝小徑旁的山溝看了一眼，跨下馬來，以手攀抓竹幹，緩緩沿坡而下。

焦廷屁股浸泡在溪水裡，頭臉雙手都被叮滿了包，腫脹得幾乎叫人認不出來，氣急敗壞的模樣讓韓濤看了忍不住拍腿大笑。

「恭喜你，焦廷，你找到我們要找的東西了。」

他走近跟班身邊，用大拇指和食指從焦廷脖子上抓起一隻死掉的蜜蜂。他將蜜蜂舉到眼前，湊著光翻轉觀看。

「是一隻皇家蜂。嗯，非常有意思。來吧，快站起來吧，蠢驢。你在哪裡遇上這可愛的小蟲子？」

「那邊，小溪上游一點的地方。我走在淺灘上，突然遭到這群狂蜂猛烈攻擊。」

「你的馬呢？」

「戴著行李和鳥籠自己逃跑了。」

韓濤手指著他，威脅地說道：「我警告你，焦廷，如果太陽鳥不見了，你可得拿性命來賠！」

算這焦廷走運，馬匹就在二十多呎外吃草，行囊散落在草地上。鳥籠完好無缺，鳥兒也毫髮無傷。

「別忘了你今天沒給我準備早飯，焦廷。現在我饑腸轆轆，像頭餓虎。你贖罪的時候到了。給我來隻香噴噴的烤雞如何？」

「主子您真愛說笑，我們只剩下米糕和幾塊乾果。」

「這樣嗎？那就把這隻鳥給烤了吧！」韓濤指著太陽鳥，漫不經心地說。「對了，既然你人就在這竹林裡了，那就順便炒點竹筍當配菜。我要去睡個午覺了。」

「吃太陽鳥？我的主子，您此話不能當真啊！您可知道這鳥身價非凡……」

「夠了，焦廷！我是負責調查真相的欽差，而我肚子餓了。餐備好了再叫醒我。」

焦廷一把鼻涕一把眼淚地陪罪，心裡暗暗詛咒這個完全喪失了理智的主人。拔除太陽鳥華麗的羽毛時，他淚流成河；而烤好上菜時更泣不成聲。

「好吃極了！焦廷，你的手藝太令我讚嘆。我想我太低估你的料理天分了。來，嘗點兒，你自己也該吃吃看才對。」

可憐的跟班，心不甘情不願地啃著一隻鳥腿，淚水從腫脹的臉頰流下，和著那腿肉吃，格外苦鹹。

「好了，焦廷，該上路了！我得去拜訪一位老朋友。我們的調查已近尾聲。」

他們走出森林，越過一片片高粱，又穿過一片片野生藍亞麻，直到日落西山為止。他們在一叢銀樺樹下紮營，沉沉睡去。

別出聲，且讓我們悄悄靜候他們醒來，同時可憐可憐他們兩位師父，至今共被打了四十大板，腰背都快散了。

隔天早上，韓濤穿戴得特別整齊。他觀望天色，晴朗燦爛，於是下令出發。他們沿著斷辮棧道前行，來到一座高闊的圓形岩盤下，山岩上蓋著一座城堡。韓濤叩了三次銅環，沉重的大門打開。他上前求見黃熹一面。這位黃熹

老先生是位養蜂人，監管聖蜂巢，於是當地人都尊稱他為「蜂皇」。

「嗚呼！」家僕們個個淚流滿面，異口同聲：「我們家老爺已駕鶴西歸了！」

連日以來，韓濤首次慌了陣腳，揪心哀慟。不過，他很快回過神來：「那麼，現在由誰繼承他？」

「我們老爺是神人中的神人，我們之中沒有一個夠資格承接他的事業。」

「距此處五十里之外，竟能遇到皇蜂群撒野，這是怎麼回事？」

「只有我家老爺才通曉花語，熟知蜜蜂的祕密。春天來臨，他比熊和睡鼠更早一步感受到。他還勤於走動，不嫌疲累，無論多麼偏僻的荒山野谷都有他的足跡。他對女王蜂說話，帶牠們到牠們想去的地方。老爺不在了，我們就像失去了親愛爹爹的孩子。」

「你們想念黃熹老先生無妨，本該如此。但放著老爺交代下來的蜂巢不管，則不甚妥當；而因此妨礙宮廷占星師達成任務，這可就嚴重了！你們的蜂蜜被糟蹋，更玷汙了太陽鳥。直到昨天，我親口品嘗了一隻之後才確認此事。你們很清楚，以最美味的蜂蜜所做成的糕餅，是太陽鳥唯一的食物。這是給牠們的飼料，也是賞賜。牠們被放出鳥籠，追逐太陽，在藍天中飛行，至找到一定能受神聖太陽光芒照耀之處，才會停下來。這是我們決定夏宮紮營之依據。事成之後，我們才奉上陽光蜜汁犒賞牠們，作為回報。但你們卻讓太陽鳥對這豐美的糧食倒盡胃口！牠們放浪形骸，簡直像肥胖的雉雞，啄食了太多葡萄，結果酩酊大醉，隨處亂停！然後雨就落在牠們肆意停留之處！」韓濤突然怒吼：「蜉蟻小輩，當心翠玉國皇帝將你們浸入那腐臭的蜜汁之中，加以慢火烹調！」

而後，一個小男孩走向前來，神情羞怯，手中捧著一罐蜂蜜。他對韓濤鞠躬行禮。

「可敬的大人，請您嘗嘗，這是我釀的蜂蜜，用來紀念黃熹老爺，他是我親愛的祖父。」

韓濤的怒火頓時平息。他以手指探入金黃色的汁液，專心一意地舔吮。

「神哉！妙哉！這真是你釀的蜜？」

「我跟親愛的祖父學來的。」男孩紅著臉回答。

「啊！我認出你來了！你不就是在十竹河畔對我做鬼臉的孩子嗎？你叫什麼名字？」

「我叫黎雲。」

「黎雲，你比這批黏答答的寄生蟲有慧根多了。我任命你為聖蜂巢的掌門人，獨擔大任，決定蜂巢之遷徙，守護蜂群之生息。每個星期會有一名官差前來，領取蜂蜜收成之樣本。這裡所有人，如同對待已仙逝的黃熹老先生一般，必須聽從你的命令。」

當天，韓濤和焦廷在城堡過夜。

且讓他們在金黃色的臥鋪中高枕無憂。至於我們，靜候翌日，二十里外，回程途中再會。

「你瞧，焦廷，我朝國土陰晴不定，需要堅定可靠的把握。晴天雨日之規則十分微妙、精細，難以捉摸。照料太陽鳥，依照牠們的指示，尋找不下雨的山谷，僅僅如此並不足夠。倘若餵食用的太陽餅配不上牠們高尚的任務，長年的悉心豢養亦落得功虧一簣。蜂蜜原本就是仙品，是陽光與露水結晶出的純液。一旦蜂皇出缺，連帶翠玉國皇帝的朝權也受到動搖。」

他們日以繼夜地趕路，力求替可憐的朱同和杜千免除新罰之苦。奉旨偵查出發後第八天，一個晴朗的早晨，他們回到了翠玉國皇帝的夏宮。

如前所料，朱同和杜千總算卸下了枷鎖，而韓濤則成為宮廷占星師第一把交椅。此後每年，他都成功地選中適宜夏宮紮營之場所。然而，每天每日，他時時刻刻提心吊膽：皇帝的性情說變就變，比雲朵更難預測，比蜂刺更令人恐懼。

宮廷占星師

太陽鳥

正午時分，大太陽下，
在圓形的庭院以蜂蜜糕餅餵食太陽鳥。
其餘的時間則小心不讓牠們受到陽光照射。
野放之後，牠們將飛往陽光最閃亮的地方。

太陽鳥專屬鳥籠和棲架

野放太陽鳥

聖蜂巢

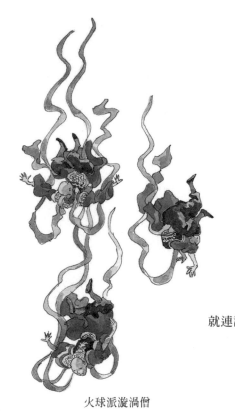

雪球派漩渦僧

火球派僧侶翻滾之快速，
就連訓練有素的利眼也難以辨認其姿態。
雪球派則以緩慢聞名，
但他們只在雪天現身，
該派的招數也同樣不易拆解。

火球派漩渦僧

五鬼臉嶺的掠奪猴。
這些猿猴聚集成幫派，以勒索過客維生。
只有獻上皇帝御賜的通行證，
才能免除被牠們狠削橫奪之災。

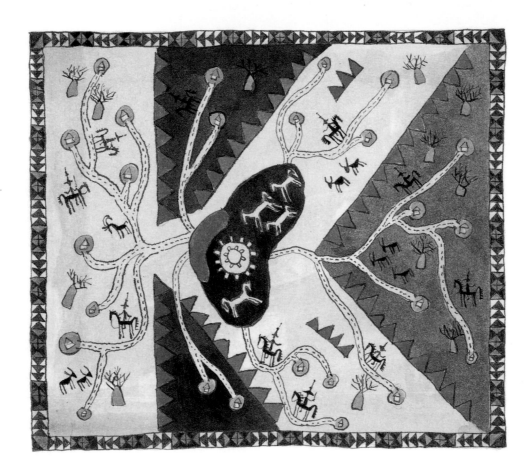

寇拉卡國
Le pays de Korakâr

寇拉卡國的男人個個是驍勇的騎士。
萬匹白雌馬節的慶典上，他們喜歡共聚一堂，舉辦一場大擂臺賽，互較高下。
優勝者將騎乘一匹塗成藍色的種馬，帶領馬群前往月亮山的牧場。

星辰下，庫卡路阿村仍在酣睡。突然，一匹種馬嘶鳴，劃破寂靜的夜。所有馬群都往牠挨靠過去，憂心忡忡，在馬廄裡原地打轉，耳朵豎得老高，隨時準備逃跑。漆黑中，馬蹄狂亂奔騰，響聲愈來愈大。馬兒們緊張不安，勁腿踢蹬著地面。快馳生風，一陣又一陣，衝灌入馬兒鼓脹的胸腔。一頭牝馬奔出濃密的樹蔭，在月光沐浴之下，全身成為藍色。她的心臟搏跳，肺部滾燙，汗水和著唾沫，髒汙了鼻翼，鼻孔邊緣並淌著血珠。

她像一陣龍捲風，攀過荊棘叢間的小徑，越過村口柵欄的大門，單刀直入，來到廣場中央，在地鼓響亮的石板上半旋跳躍。彷彿受到某種神聖的忿怒感召，她的鬃髮甩動，鼻息噴氣。她再次邁開腳步向前飛奔，呼吸宛如雷鳴。見她來到，母雞公雞都逃跑，在她身後，狗群狂吠；馳騁所經之處，呼嘯生風，捲起塵堆如雲，馬尾掃鞭。

牝馬離開這座村，前往那座村，然後邁向下一座村。

雌駒使者如此一路狂奔，馳過山林峻嶺，從日落到黎明，終於，像準備咬人的狗一般噘起嘴唇，癱倒在寇拉卡國最後一座村裡。

　　早在馬群和村民之前，卡德里克便已察覺遠方蹄聲暗響。他從床上坐直，在屬於他的黑暗世界深處，大聲喊叫：「奶奶！快起來！我聽見白牝馬的聲音了！」

　　他裸身奔出茅屋，與牝馬雪白的側身撞個正著，被彈到木編牆上。他的心激動狂跳，耳中聽得小雌馬沙啞的呼吸逐漸轉弱。當村民們開始走出屋外查看究竟時，她早已跑遠。現在全村都騷動起來了。卡德里克站起身，感到肩膀一陣疼痛。他好高興，手掌心裡緊握著一撮銀色長鬃毛。

　　「卡德里克，你可能會送命啊！」他的祖母喊道。

　　孩子爽朗大笑，臉龐神采奕奕。

　　「奶奶，您知道嗎？那是白牝馬耶！她踩擊了地鼓，宣布萬匹白雌馬節就要開始了！」

　　「你差一點就被她踩扁囉！來吧，我們進屋去。」

　　他跟著祖母走回茅屋。今晚感到滿心喜悅的可不只他一個。再過不久，所有村落的人們將齊聚，慶祝萬匹白雌馬節。上千位騎士將到達會場，展現他們精湛的騎術、馬上特技和拉弓射箭。連續九個整天，鼓聲、歌聲將響徹全村，而第十天，就是舉辦大擂臺賽的日子，在熱烈的石鼓激勵之下，寇拉卡的騎士們要使出渾身解數，相互競技。每個部族都會派出他們的冠軍參賽。擂臺優勝者將騎乘一匹藍色種馬，帶領披著雪白長袍的馬群，前往月亮山的牧場。他的名字將備受尊崇，得到全國所有詩人樂手歌頌。

　　擊鼓、跳舞、歌唱，正是卡德里克活著的三個理由。祖母先前教他唱了部落的歌曲，教了他打鼓的基本招數，但接下來，卻是他獨自完成了奇妙的節奏探險之旅。杵子搗輾黍米，老鼠在牆板後面抓磨利爪，雨點靈巧的指尖彈落在燻黑的屋頂，還有森林上空大雨傾盆瀉下，嘩啦嘈雜。夜裡，風似一張厚布，密實低沉；清晨的風則如銅鈴，叮叮噹噹。蟲聲唧唧窸窣，鳥鳴婉轉輕顫。一切聲響自他雙耳傳入，催促他的手掌在鼓皮上飛舞。偶爾，他也會正經嚴肅起來，此時，鼓聲聽來彷彿一陣規律的冥思，每一次拍擊似乎只為喚來更悄然的寧靜。不過，大部分的時候，他是個生氣蓬勃的男孩，快樂、愛笑，從早到晚奏鼓，精力那麼充沛，興致那麼高昂，凡聽見那鼓聲的人無不擺動身軀，跳起舞來。這就是卡德里克，盲眼小男孩。

人們總微笑地說：他擊鼓的速度之所以這麼快，必定是神多賜給了他一雙手臂，以彌補他失明的那雙眼。

距離萬匹白雌馬節慶會場，還有一段漫長的路程。整座村興奮騷動著，所有男人都待在廄房照料馬匹。祖母收拾包袱，準備路上吃的糧食，帶上一只羊皮水壺。

中午時分，大家啟程上路，村民們興高采烈地一路歡送。騎士群穿戴最華美的行頭，遠遠地在最前方領路。其他村人則跟在後面，敲鑼打鼓，沉浸於節慶的歡樂。一路上，大家又唱又跳；途中並不時有其他同伴加入。不過，人群前行的速度好快。老祖母拄著枴杖，撐地邁步的節奏愈來愈緩慢。大伙兒盡顧著慶賀，沒人發覺她的疲累。到了休息點，她早已精疲力盡，立即倒地沉沉入睡。卡德里克在她身旁，默默地哭泣。他心想：以這種速度，他們永遠也無法趕在節慶開始前抵達會場。

「乖孫，奶奶太老了，沒辦法走完這麼遠的旅程。」隔天，祖母對他說：「你是我的血肉，我是你的眼。你不能自己走，我卻又走不快。我是你的嚮導，卻又是你的負擔。唉！我們該怎麼辦呢？」

「親愛的奶奶，求求您，別氣餒。我們就用您的速度走吧，慢慢來。神會保佑我們的，或許我們走得夠快，還能趕在慶典結束前抵達。」

「那麼，但願神將你雙腿的矯健賜給我這顆衰老的心臟，將我這把年紀累積出的耐性調和在你年輕的身軀裡！走吧！」

於是他們繼續上路。然而，這一天，他們一路遇到上坡，只能往上爬，不斷地往上爬。最後那段陡斜的小路，他們費盡氣力好不容易爬完，卻只能氣喘吁吁地望著眼前寇拉卡高原的入口興嘆。老祖母虛脫了似地，癱倒在一株大樹腳下，露出苦楚的微笑。卡德里克聽見，有條小溪輕聲低吟，於是跑去想將水壺裝滿。但是，走在他們之前的人群已將山澗變成了泥潭。眼盲的男孩不知道，流水的歌聲中夾藏著殘汙及泥塊。結果，他們根本沒能解渴。在兩棵樹的樹根之間，祖孫兩人，蜷縮成一團，緊緊偎在一起入睡，因成為彼此的拖累而難過。

隔天一整日，祖母都躺在地上。卡德里克在一旁唱著歌，撫慰她的疲憊。因為他的歌聲太美？或是周遭的寂靜太深沉？一位騎士在遠方聽見了這清楚的音色。他不是寇

拉卡國人。他驅馬來到祖孫兩人所在之處，下馬來，一手放在心口的位置，彬彬有禮地對男孩及老婦人打招呼。他從鞍韉取下一個水壺，一手托起老婦人的後頸，將水注入她的口中，祖母終於欣獲甘霖。接著，他將水壺遞給卡德里克，讓他也得以止渴。飲水清涼，陌生人表達友善的關懷，祖孫倆恢復了平靜。騎士在他們旁邊坐下，三個人一起分享一塊糕餅。一切不需任何言語。男人原是個樂師，來自遙遠的國度，曾發願環遊世界，採集各地歌謠，然後立即以魯特琴演奏。他那把琴裝在一個漂亮的皮囊裡，這神妙的樂器從不離身。樂師凝神端坐，隨興彈起一段奇怪的曲調，有些淡淡的哀傷，卻不憂愁；輕快，但並不愉悅。卡德里克專注地聽，小小聲地拍擊伴奏，輕輕地撫過他的小羊皮鼓。他們一起演奏，直到天邊都已閃爍著星星，仍未歇手。多虧他們，老祖母一夜好眠，得以休憩。

在那兒，老祖母待了整整兩天兩夜。卡德里克感到血液逐漸沸騰。慶典早就開始了。可慶幸的是，男人對他們非常關愛。他盡力幫助老婦人恢復體力，四處尋覓清水，與他們分享糧食。她想睡時，就為她撥弄琴弦；醒來後，便給她鼓勵打氣。老祖母終於有足夠的力量重新站起。樂

師扶她騎上自己的馬，一手牽著韁繩，另一手牽住卡德里克的手。三人緩緩沿路前行。偶爾，當陽光烈得讓人受不了，就在一株大瓶樹*的樹蔭下歇息。這一日即將過完，他們已能看見遠方月亮山上的屏障。此後，他們還剩十二里路，途中有許多沙丘，沙丘上散布著一種乾草，十分粗硬，必會刮傷男孩的腳。樂師不得不繞一段遠路，以免同伴遭遇那些糾結成叢、伸著利刺、殘暴地張牙舞爪的草堆。卡德里克情緒緊繃，迫不及待，幾乎按捺不住。他聽見一陣模糊的嘈雜，那是幾里之外的人聲鼎沸及低沉的鼓鳴。慶典上的回聲從遠方傳入他的耳朵，他不禁輕微顫抖。他跟著這喧鬧的聲音走，指尖點躍著節拍，雙手作勢在腰間的皮鼓上奏擊。

「萬匹白雌馬……」他突然高聲說道，彷彿只在自言自語。「我聽見馬夫們正帶牠們前往神聖馬廄。」

淚水從他黯淡的雙眼流下。

黑夜降臨，他還想繼續向前走，但老祖母已疲累倒下，趴在馬兒的頸背上。他們必須就地紮營才行。整夜，慶典喧嘩的聲響一波波侵擾卡德里克的夢鄉。他的耳膜嗡嗡鳴響，身上汗流浹背。他口乾舌燥，不得不喚醒樂師朋

*譯註：非洲仙人掌科植物，軀幹胖碩如瓶。

友。樂師默默地將水壺遞給他，深怕出聲打擾老人家的睡眠。然而，渴雖止了，男孩卻無法再度入睡。他伸手探入奶奶的包袱，想找幾塊餅來啃，卻一把摸到從牝馬身上扯下的那綹白鬃。他用它編織成辮，藉以忘記等待天亮之煎熬；這天已是第十日。

老祖母黎明即起，刻意走到遠一點的地方，換上節慶的禮服。回來的時候，樂師表達了讚美之意，讓她知道這身打扮很漂亮，祖母臉都紅了。卡德里克氣瘋了，他認為這時候還顧著愛美裝扮真是無謂極了！他只想趕快走，他想「觀賞」擂臺賽。

太陽白熾，天氣愈來愈炎熱。他們一面前進，一面調整呼吸，口中含著一股石灰般的苦澀味。熱浪震顫，狂風陣陣，傳來會場上的嘈雜。現在，就連老祖母都聽得見了。他們的馬匹受到影響，緊張起來，拉扯韁繩，側耳警醒，胸膛一波一波地打著哆嗦。聲響驟然擴大，隨即為尖聲顫喊所穿透。

「奶奶……是孿生騎士！他們經過平臺，飛快疾馳。我聽見他們掄刀快轉，兵器啾啾。觀眾為他們加油，發出歡樂的喊聲。神聖的擂臺與大型石鼓上都潑灑了一桶桶鮮

奶。現在，他們要繞場一周，接受群眾致敬，然後回到他們的位置。你們聽……銅製小號吹起了。」

他們距大會會場只剩一小里路。卡德拉克遠遠地走在最前頭，凝神傾聽馬啣扣環叮噹鏗鏘，騎士們威風吶喊，彈舌嗒響。

「現在，各部落的使節上場，傳喚自家的冠軍。他們歌頌冠軍家族高尚尊貴，高聲宣揚他們的豐功偉業，極力誇讚他們的技巧高超。」

只要越過最後這座沙丘，會場就到了。終於爬上沙丘頂端時，各種聲響、叫喊、氣味，在氣勢雄偉的月亮山屏中迴盪擴散，向他們襲來。樂師凝望色彩繽紛的人群，遼闊的馬廄被萬匹白雌馬鋪成了象牙色，中央擂臺四周架設了上千個帳篷和亭屋；而在用巨石圈起的擂臺上，石鼓震耳欲聾的響聲中，上百名騎士正互相較勁。這時，卡德里克忽然像著了魔似的。他扯下衣服，拿出用白牝馬鬃毛編成的辮子，在額前纏繞三圈，開始全速奔跑，不管老祖母在他身後絕望地呼喚。他衝下丘坡，使出渾身氣力，發出一聲吶喊。

事實上，白牝馬的血液正在他的血管中轟隆沸騰。他

突然竄進擂臺，宛若一把隱形弓射出的活生生的箭。

　　這眼盲的孩子，他急馳如飛，比最迅捷的健馬更快更猛。在他赤裸的雙足之下，大地輕盈。在他奔馳之後，空氣抖動出金黃色的火焰。他以高難度的姿勢彈跳，旋轉翻滾，仰頭揮舞他的銀色鬃辮。觀眾彷彿目睹一隻沙漠釋出的精靈。無論彎生騎士隊，或比賽裁判群，都來不及抓住他，他已經站在擂臺中央，場地正中心，四下亂竄，狂喜不已，以最大的肺活量高歌：「嘿嘿嘿耶嘿嘿嘿耶！」

　　「我是卡德里克，庫卡路阿村的盲眼男孩！請聽我唱！我是鼓手，我會馴馬！」

　　「嘿嘿嘿耶嘿嘿嘿耶！」

　　「我的腳是踩擊土地的蹄，我的手是拍打鼓皮的蹄！」

　　「嘿嘿嘿耶嘿嘿嘿耶！」

　　「我是卡德里克，能讓馬匹跳舞的那個人！我是白牝馬鬃辮的化身，將牠們連在一起，繫在一起；白牝馬鬃辮，率領牠們，牽引牠們；白牝馬鬃辮，拉住每一匹馬的鬃毛！」

　　卡德里克的雙腳在擂臺上跳躍，場地上潑灑了牛奶，鮮血與汗水。在他烏黑的鬈髮裡，白牝馬鬃辮散射出閃電光芒。馬匹挺著前胸，擺動頸背，踢蹬後臀，繞著他赤裸的身軀舞動起來。騎士們的坐騎再也不聽他們指揮，一匹匹順從那不知名的力量起舞。而卡德里克拍擊手掌，與石鼓震天響聲輪番接力，編織成一條條看不見的繩索，直到峽谷最深處都被這驚天動地的壯舉纏結在一起。在他四周，平原、高山、蒼穹，全部顛覆。

　　所有寇拉卡國的部落都見證了這純粹奇妙的一刻。當老祖母終於又哭又笑地來到他身邊，眾人已把他托上藍色種馬的背上，周遭，無數群眾高聲發出悠悠歡呼*。因為，正是他，卡德里克，庫卡路阿村的盲眼小男孩，他就是萬匹白雌馬節擂臺最了不起的優勝得主。卡德里克，從那一刻起，且延續到永遠，被冠上馴馬舞蹈者之名號。

*譯註：原文為「Youyous」，北非婦女快速打舌發出的叫聲。

地鼓

爭奪擂臺的騎士配備齊全，
戴著各自所屬部族之頭盔。

變生騎士是寇拉卡騎士中的佼佼者。
即使兄弟屬於不同部族，
仍被一起撫養長大，
並肩作戰，同生共死。

變生騎士

評審裁判

比武用長勾

擂臺巨鼓

在擂臺之王的率領之下，馬群前往月亮山牧場。

戴著馬面具之舞者

白雌馬之舞

擂臺之王

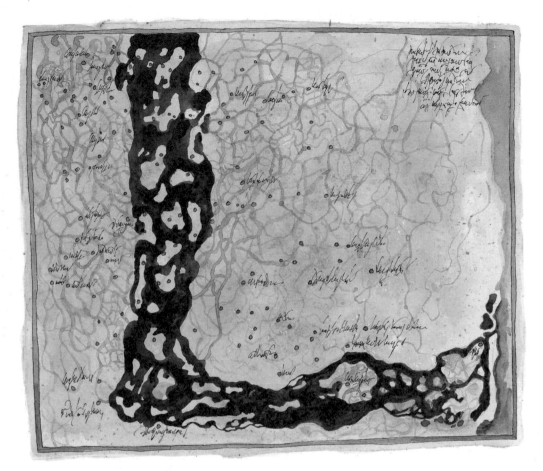

蓮花國

Le pays des Lotus

蓮花國是個池沼之鄉，處處溪川運河密布。這片國度幅員遼闊，卻又十分隱密，
僅那有朝一日能於三香潟湖靠岸之人，才有幸略窺其貌。
水鄉之王默默地統領這個廣大的國家，依循亙古不變的無聲法則。
律法於水中世界傳布，一如血液，在國王體內的脈絡中流竄。

　　某日，狂風暴雨。縱然波潮洶湧，驚濤駭浪，崗妲
國的海軍仍決意揚帆啟航。一艘分隊船艦被猛烈的陣風及
雪霰吹離航道。日復一日，夜復一夜，駛於巨浪之巔，隨
時有沉沒或觸礁的危險。所幸天候好轉庇佑，抵達一處安
全所在，前方，一片不知名的土地在望。那是一座地勢低
緩、綿延遙遠的沙岸；上空，團團厚雲積壓。

　　船艦沿著海岸行駛良久，用水砣探測深度，避免觸撞
水下沙洲。船隊操弄風向及水流，航行於布滿紅樹林的小
島之間，叢叢樹株緩緩映入水手們疲累的眼簾。最後，船
艦駛進一條水道，發現一座潟湖，湖中已有許多經歷怒海
狂濤的船隻拋錨停泊。

　　微風助推之下，船艦向前駛近：水波之上，鋪展著一
座城，棲立在如林的支架上。天氣又潮又熱，這世界彷彿
融化成一片淋漓；儘管如此，城與艦隻之間，仍晃盪著許

許多多小舟舢板,載滿人群,密麻如蟻,人人挑背著盒箱、缸甕、籃子或包裹。看到這幅景象,「迷途船艦」的艦長芝諾‧安博思內心確定:毫無疑問,他們來到了一個貿易重鎮。為此他非常高興,因為船上正好有貨品要交易,而且急需生活物資和清水。他下令拋錨三噚*,捲起船帆,在最高的主船桅上掛起崗姐的旗幟。這些動作尚未全部完成,一艘長舟已排靠在船艦側身,宣告有位大人物要登上甲板。

此人為該城的札莫林▲。他身材短小、略胖,一身古銅色肌膚,黝黑的頭髮,靈活的雙眼,擁有一種明確無疑的溝通藝術,透過微笑、擠眉弄眼、姿態動作及無比的耐心,讓人一目瞭然。

芝諾獲得允許,能在港口停泊並進行交易,但如果想在雨季來臨之前離開,那他的動作要快點才行。雙方都從買賣中贏得許多好處。芝諾的貨艙裡載有來自歐赫貝的羽飾,上百顆以靛藍雙島出產的雲綢縫製成的球、灰琥珀、棕櫚酒,和三顆巨人之心。這三顆寶石是稀世珍品,他其實很捨不得脫手,但也多虧了這三顆寶石,替他贏得了買家的好感,也開啟了他們貨棧的大門。

船上所有的貨都賣光了,一點兒也沒剩。這個結果讓他非常高興;這下他不需擔心自己是否變窮或更富有,而能好好享受停靠中繼站的時光。因為,朗鑾城每天晚上都喜氣洋洋、熱鬧非凡,有其獨特魅力。

一天晚上,芝諾受邀到札莫林府上作客。他驚訝地表示:沒想到這個進行著許多大宗貿易的地方,竟然距離大洋航道那麼遙遠。札莫林回答他:朗鑾城不過是個單純的海口商城,其所效忠的國家,幅員比之遼闊數倍,而一年之中約有半年以上,幾乎全城居民都移往他鄉。這座城掌管三香潟湖,潟湖的水風平浪靜,接待外國船隻前來休憩。蓮花國雖然極為富裕且人口密集,卻也只擁有這麼一個小港,經營商業活動。

這番話真夠令人玩味,引發芝諾強烈的好奇,催促他的新朋友再多透露一些。札莫林僅指示他,貫穿整個國土的那條大河有條支流,在離朗鑾城十多哩之處流進潟湖。但是溯水而上極為費時,且需要一位技術高超的領航員,因為,河水看似平靜,迂迴彎曲,水下卻隱藏著數不盡的陷阱。總之,此刻才來策劃歷險,為時已晚;況且芝諾的船艦又沉又重,操控不易,很可能於河灘擱淺或被迫駛入

*譯註:噚為水深單位,約合一點八公尺。

▲譯註:札莫林(Zamorin)為葡萄牙語,意指統治山林與大海的人。

紅樹林，遭枝莖糾葛。

於是，芝諾‧安博思的船艙裡補齊了完成航程所需之物資，滿載能為他賺進一筆財富的貨品，駛回崗妲。而在他的心中，則裝了重返蓮花國的計畫。

對於他這趟航行所帶回的成果，崗妲城的長老們顯得非常滿意，進而委派他出任使節。

隔年，他在三香潟湖拋下船錨。札莫林極為熱誠地接待他；此外，明知他心意堅決，仍苦口婆心地勸他打消探險計畫。蓮花國是個讓人迷失的地方，札莫林如是說。

芝諾仍執意孤行。他將船艦託交副艦長指揮，那是一名年輕女子，名叫席雅拉。芝諾與席雅拉相約，一年之後再來接他。然後，他買了一艘適合溯流而上的小舟，四處探聽，挖掘到一位領航高手，展開探訪蓮花國之旅。

一年之後，芝諾確實回返準時赴了約，但是，由於他始終未能見到國王，且認為若不能見水鄉之王一面，自己的任務就算未竟完成；於是，他決定再給自己兩年時間來探訪蓮花國，並與席雅拉訂下第二次相迎之約。離去之前，他將一部論註託付給席雅拉，裡面記載了所有他在旅行中所蒐集的資料。

雖然論註中大部分文章都已散失，或遭濕氣毀損，以下仍列出最主要的幾篇。

蓮花國概論
水手與商人專用

關於蓮花國

蓮花國境內渠道縱橫，從一條河川兩側蔓延散布。這條大河極為寬闊，十分綿長，名叫白河。白河發源於樟腦山區，流向寧靜海，途中分成無數運河及海灣。所有水渠之中，只有注入三香潟湖那條運河能通大船。

關於三香潟湖

這座潟湖長三十海里，寬十海里[*]，是一片隱密的下錨區，雖然周圍長滿紅樹林，並有細沙淺灘，仍非常適合接納遠洋船隻。朗鑾城為蓮花國的港口，城中多設商店、

[*]譯註：一海里約相當於一千八百五十公尺。

櫃檯及倉庫,所有貨倉都歸商人所有。交易課稅分量極低,港中因而駐滿大批外國船艦。札莫林監管商務往來是否正當,務必讓他將你視為朋友。買賣總在黃昏結束,這時,整座城前前後後,歌舞歡騰,讓人完全難以入睡。

雨季來臨前,大部分居民都從朗鑾城撤離。每一年,四分之一以上的人口,無論男人、女人或孩童,遭受各種熱病侵襲。

關於千蓮湖

這座湖寬若內海,名字取自湖面上一望無際的蓮花。湖中並處處可見美麗的漂浮庭園,周圍攀著牽牛花藤,或結著漿果、水果、蠶豆、豌豆,以及甘甜多汁的香瓜。這些庭園皆有人居。每座園子聚集在一起,便形成村落或漂移城市,隨季節變化,慵懶浮游;若暴風雨將至,就進入蘆葦叢中躲避。

關於動物

蓮花國中動植物種繁多,用上一輩子也無法數清。雨鼓季節來臨之前,人們採集候鳥花,而飛魚則一年到頭皆可捕捉。雙管河馬肉鮮味美,故多遭獵食。大部分人家都畜有一頭「噴水阿鼓露鼻」,是一種小型哺乳動物,鼻管呈螺旋狀捲起,一偵測到危險,就會猛然噴出水柱示警。

關於城市與村落

城市分為三種類型:紅樹林的百足城區、千蓮湖上的漂移城區,以及實土城區。百足城建造在椿林上,漂移城則築於浮洲島。

實土城區位於白河畔茶山下的稻米水田區域。這個城區人口眾多,河船川流不息,交通便捷,造就白河及流經城內的大小運河沿岸商業發達。

大部分村落以環狀結構呈現,其中最美麗的,應屬花村區:其屋舍有如一艘艘直立的小舟。

蓮花國境內隨處設有寬敞漂亮的旅店,並供應十分美味的佳餚。不過,請注意:千萬不要一口氣飲盡一杯酒水,這個舉動被視為對水鄉之王的挑釁。

關於船隻

這裡舟船種類豐富、樣式繁多,還有不少用來居住。

船隻的重要性取決於船夫的歌聲：船主的身分愈尊貴，歌曲的節奏和力度就愈強。乘木筏幹活的小漁夫只配發出游絲般的細聲，然而這種輕柔的呢喃為這個國家更添魅力。

關於河航員

蓮花國的河航員及領航員解讀水面的功夫了得，比任何其他地方的同業都高強。拿他們用來形容顏色和材質的字彙，翻譯成一本書都還不夠詳盡。在這裡，單說「波浪」一詞根本毫無意義，因為他們會做出千種以上的區分——根據大小高低，須看是細褶多紋還是斷斷續續，如油膏般滑膩還是綴著成排泡沫，究竟是風吹所致還是水流推擠造成，從淺灘上誕生還是隨大河暢流⋯⋯

關於運河及水閘

人們信誓旦旦地說：光靠著控制水閘開關，水鄉之王就能隨心所欲地進出某個區域，顛倒河川水流的方向，連續十二個小時，甚至十二個月，專注於他想做的事。所有城鎮的水流調節皆由活水院負責，而靜水院的官員則監管維護湖泊與池塘。每個水閘內都設有一個驛站，供拿著油皮小袋、為水鄉之王傳達命令的泅泳信差在此休憩。

關於教育

孩童從小學習五種技能：算術、禮儀、低吟、寫字和潛水。在棲停水邊的小茅屋裡，老教師們傳授「狂草」書法，這種字體既美麗又愉悅，一筆一劃都讓人想起野風拂過，蘆葦低俯的姿態。

風俗民情

整個蓮花國民風自由，只求不違背禮儀。而所謂基本禮儀，強調別人說話時一定要全心傾聽。孩童可自行選擇喜歡的家庭，這是常見之事。婚姻關係也僅靠情感維繫。

神明

蓮花國信奉無數神明，每一位都和藹仁慈，除了洪水之神例外。對這位神祇，人們供奉大量乾果，藉此吸乾祂恐怖大胃中黑幽幽的汁液。

季節

蓮花國境內每天都下雨。不過，傳統上，自然界生物

會區分出兩個季節：在嘈雜轟隆的「雨鼓季」裡，天上的雲團圓厚如球，陰鬱沉重，有時還會釀成洪水；而在「雨撫季」中，雲朵柔白溫暖，灑下如牛奶一般的甘霖。

蚊之鄉

在所有區域中，這片鄉野堪稱美麗又特殊。這兒處處是蝴蝶飛舞的花園，吸引遊人流連忘返。屋舍、街道、廣場，都建築得十分輕巧，以薄紗拉撐：當城市在黎明薄霧中甦醒，看上去彷彿一粒巨大的蠶繭，半透明的廊道與房間裡住著一群居民，聲細如蚊。夜裡，宮殿的紗帳與布幔後方，千百盞燈籠亮起，於是，旅客被照得目眩，而一齣豪華的影子戲便在他眼前上演。

雜念湖

這座湖中四處散布奇形怪狀的岩石。想尋求心神平靜的人們，來到這裡，租一艘輕舟，聘一名大夫。他們在岩石間航行，辨認岩石的形狀。對著這些穿鑿附會出來的石像，他們將過去錯綜複雜的人生掏空訴盡。「病靈」立於船頭，搖著細長易斷的船槳，使船移動。他高聲闊談。大夫則一言不哼，掌著舵。他必須特別留意，避免小舟困入淺灘，或撞上岩石。許多「病靈」定期來此治療，聽說，對某些患者而言，這種奇特的療程可能持續多年。

語言

住在水邊的人喜歡生活中帶點兒懶散，但他們的語言卻活靈活轉，多彩繽紛。在某些鄉省，女性用語和男性用語有所區別。你必須時時注意談話對象的資質、性別及年紀，因為，根據這些條件之差異，同樣的字詞有不同的發語方式。年輕男女之間以贊達鈴語交談，與其說是語言，不如以音樂稱之，那是聽起來最美妙的聲音。

水鄉之王

水鄉之王每天更換住所，並獨自決定在哪天哪個時辰接見外來使節。他訂定了規矩：每一個想見他的人，都必須先全面參觀過他的國家。

兩年後，席雅拉帶領船隊到朗巒城停靠，但芝諾‧安博思並未前來赴約。他後來再也沒有回自己的國家。水

鄉之王聽說了他的存在，並知道他擔任大使之計畫，便立即安排他擔任蚊之鄉的領事，為期五年。後來，他又成為淨水院的院士，任期十年。在這段期間，芝諾學會蓮花國所有語言，應用起來與當地人不分軒輊，且能閱讀四種文字，已具擔負該國最高政務的能力。但他還想再學，故婉拒其他官職，全心涉獵藝術與科學。他想明白水管風琴的祕密，也想弄清楚鸕鶿究竟如何捕魚。他還開始學習蓮花國境內各種醫術，甚至研究雜念湖中那些不語大夫的本領。人們都說，他創造了奇蹟，因為他既精通多種語言，卻也深諳沉默之道。他也學著去愛，並承襲了傳統習俗，在每一個住過的地方都建立了一個家庭。

年過六十之後，芝諾隱居到一個人煙罕至的區域，在一個小村落裡教導孩童五藝。他住在水邊一間茅屋裡，處於蘆葦叢中。有一天，一位水鄉之王的泅泳信差來到這裡，帶來一封正式邀請函。

芝諾幾乎已忘了水鄉之王的存在。但總而言之，他在一張紙上，寫下了漂亮的狂草字跡：

「當風暴將我拋到蓮花國的港岸時，我還年輕，野心勃勃。但我學會了耐心，而後學會了放下。從此以後，我的人生順利、自由、瀟灑，而且快樂，好比一苗沿河漂流的蠟燭上的火焰。我不再是崗妲國的大使，如今，對我而言，那兒就像當初的蓮花國一般遙遠神祕。現在，我已衰老，老得無法親自晉見水鄉之王。今後我將等待生命走到盡頭，且衷心盼望，能在寧靜的雨撫季節，安詳莊嚴地劃下句點。」

候鳥花

採收候鳥花

花村

水鄉之王的泅泳信差

蚊之鄉淑女名媛

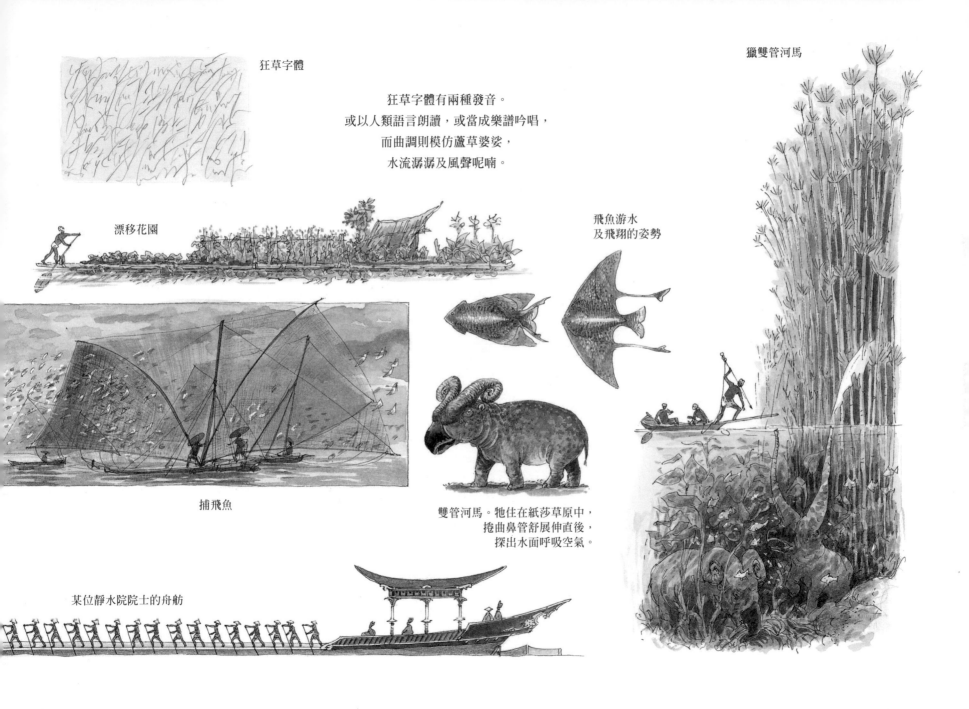

狂草字體

狂草字體有兩種發音。
或以人類語言朗讀，或當成樂譜吟唱，
而曲調則模仿蘆草婆娑，
水流潺潺及風聲呢喃。

漂移花園

飛魚游水
及飛翔的姿勢

獵雙管河馬

捕飛魚

雙管河馬。牠住在紙莎草原中，
捲曲鼻管舒展伸直後，
探出水面呼吸空氣。

某位靜水院院士的舟舫

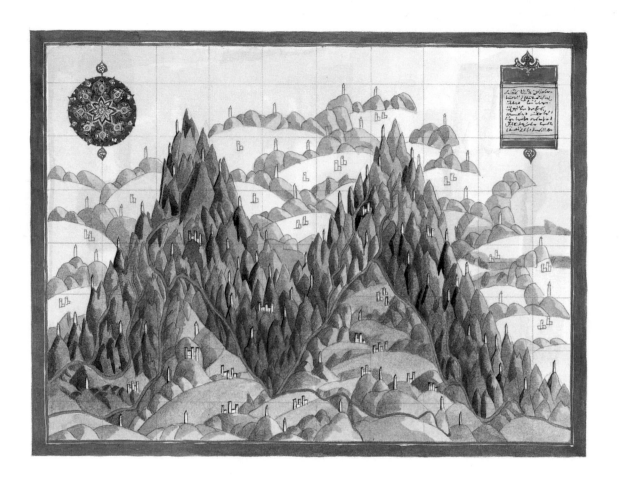

曼陀羅山脈
Les montagnes de la Mandragore

為描述曼陀羅山脈而發起的地圖繪製行動，接二連三地宣告失敗。
當一座座陰森的瞭望塔映入眼簾，就表示已接近該國山區。那些山嶺黑暗鬱沉，對擅自闖入者痛惡深絕；
尤有甚者，在最幽深、最荒蕪的陰暗山谷深處，藏著恐怖的疾病——恐懼。

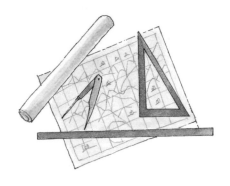

　　尼丹・帕夏在一座瞭望塔下停車，隨即一躍落地，並吩咐車夫將馬車駕駛到樹蔭下。他爬上岩石堆，直到抵達那座石塔；他困在荊棘叢中，只為尋找一扇門，但除了高塔尖頂上鏤空的石燈籠外，始終找不到任何出口，而燈籠離地約有四十五呎高。道路沿著山谷向前，谷中橄欖樹林及橡樹林散布，蟲鳴唧唧。一哩之外，另有一座塔，築於高原山脊之上，居高臨下；而遠方地平線上，曼陀羅山脈的輪廓灰濛濛地呈現一片淡紫。

　　尼丹・帕夏回到車上，拍打雙腳，撢去鞋上的灰塵，下令出發上路。馬車夫樂得照辦：他並不喜歡這個地方。

　　路況亂七八糟，山溝蝕出一道又一道條紋，坑洞窟窿密布。這條路沒入山壑的陰影中，與水流交錯，更添泥濘，逼得這路奮力躍上陡峭的堤岸，才總算避去些許艱險。尼丹・帕夏將一張區域地圖攤放在膝上，車行顛簸之

間，對他的祕書發表評論。那是塔利茲第一次旅行，能伴隨當代最有名的地圖工程學家尼丹‧帕夏身側，可想見他有多麼驕傲。更何況，這趟任務的地點在一個蠻荒的省分，距離帝國天高地遠，而尼丹‧帕夏不喜歡長途跋涉，路途奔波，寧願花上好幾個小時研究他國土部裡的幾萬張地圖和地圖集，這一點，眾所皆知。塔利茲瞥了窗外一眼。道路穿越一座黑松林，一陣濕冷的空氣從低窪的峽谷升起，傳來遠方瀑流滔滔，水聲轟隆，卻不見其蹤影。製圖工程師必須扯開喉嚨大喊，才能讓身邊的祕書聽見：

「二十八個省分和王國，一百三十四種方言，三種官方宗教，這還沒加上那些被禁止的崇拜和迷信。這就是我們的帝國……有些省分面海，深入遙遠的島嶼，有些沿著江河拉成長形，或在平原上鋪展開來，隨著丘陵圓緩的山頂起伏，還有些聳立在山脊尖峰之上。在某些地方，城市裡擠滿商客與店家，到了晚上，他們就到花園裡乘涼；而就在百里之外，窮苦的人們做牛做馬，烈日豔陽之下，辛苦揮汗，從沼澤中汲取鹽分。塔利茲，一塊這樣雜亂無章的整體，怎麼能看起來如此連貫一致？」

「那是因為，全帝國上下都服從我們可敬的正義之君

——卡德林姆蘇丹，所定下的律法。願神保佑他長命百歲。」

「的確如此，塔利茲，的確如此。但是，這些律法又如何能散播到這樣遼闊領土中的每個角落？」

「那是因為，附庸於我們蘇丹的諸侯貝依*，個個都對他忠心耿耿，大臣與總管們都明智過人，官員們也都認真勤奮。」

「應該是吧，應該是吧！」製圖工程師連說了兩次，有些惱火。「但他們都是人，有可能被疾病打敗，也可能經不住貪汙暴利誘惑。而且，他們保障的，通常都只是自己的私人利益。然而，法令飛越全國，蘇丹的手時而輕撫，時而猛力出擊，或許就在這放牛人的小屋，又或許在那京城皇宮深處。那麼，塔利茲，這日常出現的奇蹟究竟從何而來？」

「道路，」塔利茲思考了一陣之後回答（其實應該說，他非常清楚大工程師對道路有多麼熱衷）：「多虧了道路，資訊能湧入宮殿，信差也能將法令傳達到帝國每一個角落。」

「塔利茲，」尼丹‧帕夏又發話了：「我想你並沒

*譯註：「bey」，鄂圖曼帝國的高級官員尊稱。

有很認真觀察我們正在走的這條路。當然，道路絕不可或缺，我比任何人更明白這件事。但大多數的路都簡陋不堪，冬天廢死無用，春天隨漲潮沖失，要不然就被沙土狂風掩蓋消逝……不，塔利茲，若蘇丹的眼能穿透他的宮殿，手能隨時隨地出擊，取予自如，原因很簡單，都是多虧有我們！」

「我們？」

「沒錯，你、我，以及國土部裡所有那些沒沒無聞的官員。隨意取一塊形狀不規則的田野，城市、江河、森林或沙漠，加上大自然的善變與人類的瘋狂，再把這一切呈交心意難測的君主琢磨；試問：有誰能從其中猜出一絲端倪？而這正是我們任務所在。帝國就靠我們整修。我們縫縫又補補，將一塊塊碎片整合起來，讓蘇丹大人一目瞭然。相信我，塔利茲，沒有地圖，就沒有國界，律法亦不復存在。但事情尚不僅於此。倘若，在地平線另一端，有個蠻族王儲興起，他統領軍隊，擂鼓鳴金，發動軍艦及槍砲，而我們的蘇丹早已決定好需要花多少時日去懲治掃蕩。他領導將軍大臣，指揮部隊移動，用彩色粗筆描繪作戰動線圖。於是，敵方的軍隊、城市、婦女、孩童、牲畜

與野獸，甚至溪河中的清水，全都落入蘇丹的囊袋，這些事物填滿一卷卷羊皮紙，與同類圖紙歸檔在我們的書架上。塔利茲，地圖的力量便有如此龐大。使用它們的人得以操縱時間和空間。因此，蘇丹下令，凡買賣這些助他擁有珍貴神力之物者，皆以死刑論處。」

「然而，人類活在地上，而我們卻活在紙上。」

「人們以為自己活著，塔利茲，但他們只不過在做夢。只有蘇丹清醒。相信我，只消用羽毛筆一劃，他便能刪去地上一塊面積。」

但此時車輛駛入一間旅店內院停下。根據車夫的說法，這是夜晚來臨前路途上的最後一家客棧。他們走進交誼廳，交談嘈雜之聲稍稍暫停了一下，隨即繼續，音量卻放低了些，約莫是這兩位宮廷官員的優雅架式使然。

尼丹·帕夏草草吞飯，心情低劣，適才講的一番話在年輕祕書身上顯然沒起什麼作用。至於塔利茲，他實在太累了，根本沒力氣想到要再和他的上司辯論下去。就在他們身旁，有個男人引起了他的注意。那人有隻黑色的手，扭曲而縮皺，一面將一盆牛奶送到唇邊，一面目不轉睛地盯著製圖工程師看。

天光剛亮,一陣馬蹄巨響驚醒了兩人。原來是曼陀羅護衛隊的騎士團,該地首長派他們前來迎接。這些人衣著古怪可笑,神色酷似木頭人,雙手彷彿能將人掐死,看上去不像士兵,反而較像土匪。接下來的旅途中,尼丹‧帕夏謹慎戒備,手槍已裝上彈藥,隨時準備掏出。他提防著路上可能遭遇的打劫,卻也不信任省長派來的那些保鏢。建製完一張新地圖之後,地方官治理的方式可就清清楚楚,一覽無遺,省長所享有的特權恐怕得要遭受檢驗。

路況艱險,五日之後,他們終於抵達該省省會比提爾薩。工程師立即得到省長接見:接見過程卻鬧亂嘈雜,時時爆出喧鬧,談話經常因而中斷。尼丹‧帕夏堅持要他們說明理由,他喋喋不休地細數國土部的官員如何飽受欺凌:信件遲到、報告遭人遺忘、感染不明疾病,意外受傷成為家常便飯,次數太多,簡直不正常!而在地圖繪製計畫方面,在這個省分進行更顯得雪上加霜,阻礙重重。但既然勾勒新道路的走向有助於打破藩籬,解決該地孤立的境況,那麼計畫其實擁有一切成功的條件才對。如今他甚至被迫親自出馬勘查,以結束這個窘境。最近派到曼陀羅山區那兩名人員已失去音訊,使他根本無法準備下次探險。

至於省長,他也怒氣沖沖。眼前這個激動不已的矮小男人能讓蘇丹砍下他的腦袋,這傢伙擁有這種權力,甚或也有這種念頭;不過,這個魯莽的地圖繪製學家可知道自己闖入了什麼地方?

「尼丹‧帕夏,你應該多出宮殿走走。這兒可是曼陀羅山域,我所治理的省分又細分成許多封地,上千個小區塊緊密交疊。這些小領地宛若大帝國中的小塵埃,統領這些地方的貝依很貧窮,卻引以為傲。他們就像守門犬,哪怕僅為了半塊馬氈大的田地,亦隨時可以張口咬人,因為,那塊地是祖父遺留下的財產。他們非常嚴苛地對待農民與牧人,對外來者的手段更殘暴得無以復加。他們不要你的道路,也不要你的橋樑,因為,在他們眼中,那是用來徵稅之途,他們原已貧瘠的財產將從此永遠消逝。你派來的那些官員不但沒替我制定規矩,反而四處引發風暴。每次他們將一處邊界偏移幾步,就點燃流血爭鬥,而我必須花費好幾年才能平息。」

「別跟我提你那些為了三畝碎石地斤斤計較的土包子。擁有一張更精確可信的地圖,對你來說,等於掌握了可靠的方式,能解決土地共有和遺產糾紛。地圖是所有政

權所仰賴的基石，有了它，才有公平公正的仲裁。」

省長嘆了口氣。

「如果人家跑進你的屋子翻搜，丈量你的桌子床鋪，一件件數你有幾件衣物，多少碗盤，事先卻沒徵詢過你的同意，尼丹・帕夏，你會怎麼說呢？」

「我們所有人都住在蘇丹的大屋下。我的任務只不過是幫他更了解自己的屋舍，從地窖到閣樓都不遺漏。另一個職責呢，就是效忠君主，跟你一樣，難道你忘了嗎？」

省長把這句話當作該次會見的結論。他拍拍手掌，一名奴隸端上茶水點心，然後，兩人遵行宮廷規儀，彬彬有禮地互相告辭。

尼丹・帕夏另外又與省長做了兩次會談，後來這一次於議會廳舉行。省長左手邊排列著教士會員。他們身形魁梧，蓄著長鬚，鬍子和長袍都漆黑一團，充滿沉默卻激烈的敵意，使得廳內一角籠罩沉沉陰霾。另一邊則立著諸位貝依，個個打扮得像公雞，飽飲鮮血，傲慢不可一世，怒雷一觸即發。

可想而知，製圖工程師要勸他們接受自己的觀點，簡直難如登天。尼丹・帕夏對他們談論進步、商業、繁榮；他們則回應傳統、繼承，和聖殿。

雙方僵持，誰也沒能說服對方，不歡而散。

在這段時間中，塔利茲終於取得關於上一次探險之情報。領隊的軍官人在低城區一間旅店，高燒不退，體力衰竭。工程師兩人連忙動身前往，趕到時卻只得到人剛過世之噩耗。死者形貌可怖，骨瘦如柴，臉上布滿深紋，彷彿一張飽受苦痛折磨的面具，他的左手露出床單外，宛如猛禽之利爪。他的助手坐在床頭，喃喃嘟囔著，語意毫不連貫，隱約聽出一些故事，關乎於「恐懼症」、「死亡之塔」、「雙心巫師」，以及「消失在那些被詛咒了的山脈裡的嚮導叛徒」……等。工程師帶走軍官的記事本，塔利茲負責喪葬事宜。

省長心不甘情不願地替他們弄來馬匹和騾子。尼丹・帕夏通曉曼陀羅文，斷然拒絕省長派來的護衛隊和嚮導隨行輔助。被捅一刀沒關係，但他不要被人從背後暗算。

他們離開比提爾薩，沿著山谷前行，趕了五十來里路，途中遇到移往高山牧場的牲口群，還有幾批騾匹商

隊，他們朝蔭門前去，目的地是遙遠的翠玉王國。塔利茲從小在城市長大，現今頭上頂著一望無際的穹蒼，而每個清新的早晨裡，羔羊頸上鈴鐺碰響，咩咩叫聲又尖又細，聽來令人心情更加愉悅，這一切都讓他讚嘆不已。尼丹·帕夏不得不時時提醒他遵守規矩。事實上，對於凝望所帶來的美妙幸福，工程師本人完全不屑一顧。凡他眼睛所見，腦子便解剖分析，記憶便儲存收藏。任何森林，經他走過，就轉換成建材木料或大砲支架。他以同樣的方式評量動物和人類，幸好他還拘於禮教，不致跑去掰開他們的嘴數數究竟有幾顆牙齒。他定期查閱前任工程師留下的紀錄，並和自己的地圖比對。在他那張圖上，曼陀羅山脈顯示成一塊白點，因為缺少詳細資料，不清楚那眾多山谷的走向。不過，他記得曾在宮中的廳室裡翻閱過一些地圖。那些圖非常古老，裝飾非常豐富，著色畫師在上面繪出許多奇怪的生物，長相半人半樹，胸口掛著兩顆心臟。

他們抵達一個岔路口，中央一座瞭望塔坐鎮，旁分三條小徑。第一條通往地圖上標有的一處隱僻住所。第二條向西行，穿越高山牧場。最後一條則蜿蜒曲折，攀上一座山嶺。製圖軍官當初走的就是這條路；他們推著坐騎向前，終於來到此處。從山隘另一側，深入一片林樹蒼鬱的斜坡，偶爾缺凹零星田地，開墾手法拙劣。烏黑的岩石遭一道道暗綠色的長紋嚴重侵蝕，路徑便在石堆中蜿蜒直下。他們一路遇到不少瞭望塔，在這片遼闊的樹林荒漠中顯得詭異，這些塔總座落於十字路口，指向其他道路。而這些路的盡頭多是不知名的偏僻小村，犬隻個個齜牙咧嘴，咆哮相迎；這些養來獵熊的守門犬又高又壯，戴著鐵刺項圈，必須揮鞭驅趕，或者就開槍擊斃。

山谷一重又一重，一波又一波，凹凸不平；水流河川千奇百怪，挑戰最不可能的風貌。工程師因找不到可靠的地標，而失去方向。他覺得自己彷彿走在一張皺地圖的摺痕裡。一陣冰冷而濃密的大雨將景觀模糊剁碎，他們終於再也分不清方向。在這個被詛咒的國度中當然也有男女居民，但極難見得到。那些人似乎活在另一個世界，身軀飄浮在襤褸衣衫中，從彎道後方冒出來，睜眼盯著他們經

過，目不轉睛，令人生畏。只有一個老者曾對他們說話，操著一口濃厚鄉音，他們好不容易才聽懂：「歡迎來到荒年王的國度」，然後，他咧嘴一笑，露出滿口斷牙。

幾天之後，尼丹‧帕夏不得不認清事實：他們已經徹底迷路。他生平最厭惡開口問路，不過，那邊有個男人，就在被煙燻黑了的小屋附近，難道塔利茲就不能騎馬過去問問他嗎？那男人是個盜獵者，幾乎和他的木屋一樣漆黑。塔利茲立刻認出，他就是先前在旅店遇到的、手掌扭曲的那人。沒錯，男人熟悉這一帶地域，要不是兩位外來客急著趕路，他們還可以一塊兒分享他剛抓到的野兔，也能有幸為他們解答疑惑。事實上，男人表現得能言善道，描述得鉅細靡遺，於是工程師僱用他擔任嚮導。他開了個頗匹配獵人身分的價碼——從此他可衣食無缺。

男人似乎是個永遠不會累的健行者，穩健可靠地帶頭騎著騾子，穿越一片小徑迷宮，一條又一條的羊腸小道，縱橫斜坡，通往山谷。在他赤裸的雙足上，筋脈鼓起，極度明顯，他那雙滿布疙瘩的柴腿因而神似樹根移動之模樣。不到夜晚降臨他不會停下腳步，除此之外，僅在遇到

瞭望塔時稍作逗留。他在每座塔前簡短禱告，並獻上供品。工程師對此十分惱怒，認為這些虔誠舉動拖延了他們的行程——說真的，在這個區域裡，實在充斥太多這種陰森森的建築。男人轉身面向他，說：「尼丹‧帕夏，你知道這些瞭望塔當初是怎麼蓋起來的嗎？」

「我知道那些古老的傳說，走吧！」

但男人已下定決心死纏爛打。

「在我們祖先那時代，當戰士在戰場上表現得格外驍勇，他就有權邀功，獲得為一座瞭望塔當地基之榮幸。在他死後，人們將他直立埋葬，雙腳深入土中，軀體則以建塔的石頭遮蓋。建塔時刻意留一道煙囪，位於他的頭頂與鏤空的塔尖之間。當敵人來臨，看見塔頂綠火舞動必受驚嚇，而我們也得以警戒……」

「那就是人們在墳墓上看見的鬼火，」工程師轉身對塔利茲說：「現在你可知道傳說是怎麼產生的了。等我勘查完這片國度，咱們就把這些蠻荒世紀留下來的可悲遺跡剷平！」

「就連那些胡嘎里犬都不敢再越蔭門一步。」男人又說。

「胡嘎里人對蘇丹的武力特別敬而遠之。不久之後，他們會發現，與我國做生意的效益比勒索經過他們領土的商隊高得多。」

「但是，尼丹·帕夏，瞭望塔始終守望。沒有任何外來客曾踏觸曼陀羅山脈的神聖土地。甚至你也一樣，就靠那張可憐的地圖和丈量師的兵器，你連一步都無法靠近。你真的相信，就憑那張皺巴巴的紙，你在這片國度裡能享有任何權利？」

「我不能，但蘇丹能。」

「那麼，相信你所說的話和所編的事，蘇丹真是大錯特錯。因為，尼丹·帕夏，你讀的是地圖的背面。你高高在上，俯視表面的一切，卻不看底下發生什麼事。」

「地圖可不是從鼴鼠的地廊裡製作出來的！須將視野拉抬到老鷹的高度，才能飽覽一個區塊的全貌。老鷹眺遠，鼴鼠瞎盲。難道你要告訴我：對一個國度，後者倒比前者認識得更清楚？」

「尼丹·帕夏，現在我們各說各話，沒有交集。看看地圖的背面吧！一張空白的紙，什麼都沒有，毫無用處，就像代表山脈那片色塊，盲目而無意義，卻惹得你如此坐立難安。我懂得如何在這片空白中自由行走，我的腳熟悉土地的背面。你可曾經歷過地震？」

「有啊！在冬天的時候，非常可怕。」

「那麼你應該知道，動物比你先感應到來自地底的忿怒咆哮，災害來臨之前，牠們已先哀鳴。我們的瞭望塔也一樣。你認為它們朝天擎立，其實它們注視著你的足下。我會帶你到山上，尼丹·帕夏，你可以儘管採集記錄，但其實你什麼也沒看到。這個國度只有一扇門，而我擁有鑰匙。如果他們之前請我當嚮導，就不會發生那些意外，害得你手下那些測量員和抄寫員平白犧牲。山會防衛自己；而我能事先掌握土石流、預知暴風雨及大洪水。我知道，就在我跟你講話這個當兒，有個醫生在胡嘎里國採集了一種藥草，還有三名騎士朝他前進；我還知道，省長派來的間諜正在山谷裡搜尋你的蹤跡，而在距此幾千里外之處，有一隊士兵埋於地底沉睡。」

往前走了一會兒，他們經過一些奇怪的岩石，男人請他們迴避勿看。然而，或許因為這道禁令聽來帶有諷刺意味，塔利茲忍不住看了一眼。

一隻看不見的手立即令他摔下馬，他慘叫起來。其

他兩人勒馬回頭。塔利茲痛得縮成一團，始終倒臥地上不起。他的腳踝嚴重骨折。嚮導消失了一會兒，不久之後帶著草藥回來。他替年輕的塔利茲療傷，減輕骨折的程度，並包紮足部。處理完畢，他就地搭起營帳。

那一夜，尼丹‧帕夏睡得極不安穩。他夢見一輪巨大的白色月亮，升上山頭。月亮盯著他看：那是蘇丹的眼。國君眠於帝國全圖之中，鼾聲震撼城市，翻個身便壓垮好幾個區域，鄉村、樹木、高塔頓時紛紛陷入他臥鋪的皺褶裡，而工程師則從他那強壯的肩膀滾下，不斷墜落，無止無盡。尼丹‧帕夏從夢中驚醒，渾身是汗；一切平靜，平靜，萬物寂靜。塔利茲沉沉睡著。營帳之外，那盜獵者直立夜色之中，一動也不動。他的左手握著某種樹根，口中誦念一段祈禱文：

「山充滿歷練。她深思熟慮，靜默不語，低首垂眉。星子為她的嶺峰冠冕，環繞著她，宛若金幣……」

一大清早，工程師起身時神色陰鬱，不知該說是憤怒還是沮喪。他就快要達成目標了，卻不得不放棄。塔利茲受了傷，他們已沒有充足的時間，冬天即將來臨。他走到

嚮導身邊，感謝他的協助。有了他，等春天再來時，他們將可帶領足夠人馬回到這裡，為製圖行動劃下句點。

「尼丹‧帕夏，你回不來的。山是活的，她趁著冬天，披上白袍，引發雪崩，將你曾走過的道路全部摧毀。更何況，所有瞭望塔都看見你了，事到如今，我猜它們不會讓你活著離開。」

他舉起變形那隻手，揮揮手中的樹根。那樹根長成人形，似乎被某種說不出名稱的生靈附體。

「留在我身邊，我會教你認識大地真正的奧祕。如果能將你我的學識結合，你將成為空前絕後最偉大的地理學家。因為，從此之後，無論地底下發生什麼事，都逃不出你的法眼，你的視線將如千萬樹根，延伸到比首都宮殿更廣、更遠的地方。」

「我才不會拿我的學問與你的巫術交易！我跟你，還有你的同類，永遠毫無瓜葛！」

「事情非僅如此，尼丹‧帕夏。瞭望塔從不出錯，你的祖先是曼陀羅人。你的身體中流著他們的血液……」

帳篷中傳來一聲哀嘆，不知出於恐懼還是疼痛。

「難道你不可憐你的手下嗎？聽聽他受到多大折磨。

我能救他，並讓他安全離開。他甚至可以帶走地圖，反正你以後也不需要了。留在我身邊吧！尼丹‧帕夏，我把山脈的祕密都傳授給你，你將能和動物說話，指揮石頭，通曉植物的語言，永遠不再感到饑餓與睏倦。你將發現無數神妙，凡人聽不到也感受不到，然後，對於蘇丹貧乏薄弱的權力，你將一笑置之。」

尼丹‧帕夏投降了。他們將半夢半醒的塔利茲捆綁在馬鞍上。男人用山羚羊的油脂擦拭馬蹄，並在馬頸上掛上一匹岩鴞的毛皮，然後，在馬匹的耳邊低聲發了一串喉音。馬兒邁步小跑，沿回程之路離開。

「別擔心，尼丹‧帕夏。從現在起，那匹馬擁有山羚羊一般穩健的腳力，岩鴞的利眼能在黑夜中為牠指路；我指引了一條捷徑，牠明天就會抵達比提爾薩。現在，跟我來。脫下鞋子，山喜歡人們赤腳行走……隨我來，我們就快到了。」

他們沿著一道山稜走了許久，然後下坡，來到一座斜谷，那裡遍地布滿一種奇異的植物，在月光下閃閃發亮：那是曼陀羅。

「我們終於到了，尼丹‧帕夏。忘記恐懼，把你整個人靠在我身上，左手抓緊一株曼陀羅，想像你正抓住一個人的頭髮，把它用力往自己拉攏。然後，念出這些話語，並朝月亮吐唾三次。」

於是，巫師念出一串字句，無人能以文字書寫記錄。

工程師按照他的指示行事，然而，在第三次吐唾的時候，他發出尖聲哀嚎，聽來彷彿一頭受傷的野獸：原來，他的手像被火焰燒焦了似地縮捲起來，纏住了草株。痙攣一陣又一陣襲來，劇烈的程度難以想像，他的身軀不斷抽動，緊繃得好比弓弦，隨時要斷。疼痛擴散至他整個人中心，他汗如雨下，淚水淹沒了雙眼，而最糟的是，曼陀羅以一股巨大無比的神力將他拉向地面——這植物想埋葬他，讓他被山吞噬。他的手臂沒入土中，只露出肩膀，他的口中嘔出小石頭般的血塊，血混著泥。巫師在他齒縫中塞入幾片葉子，是茴香和薄荷的味道。他留守在工程師身側，吟誦一串串長長的祈禱文。曼陀羅終於讓步，突然鬆開，尼丹‧帕夏猛烈向後彈倒，從幽冥中拔起了那樹根揮動，曼陀羅因而發出一聲恐怖的慘叫。東方漸白。他暈眩不已，進入一種癲瘋狀態，連續三天三夜，發作瞻妄。巫師定時餵他喝一種苦澀的煎藥，用水擦拭他的前額，持續

吟誦，直到曼陀羅終於枯死，脫離被工程師焦黑的手所緊握住的根部。尼丹·帕夏體內流著一股黑色的血，沉重而緩慢，尋找脈絡出路；他長出第二顆心臟，用來循環這股幽暗的汁液。巫師俯身向著他，撥開他愈來愈重的眼皮，不斷對他說話。

終於，他清醒過來，恢復站直身體的氣力。他的雙足腳掌麻癢，有一種難受的感覺，彷彿有千萬鬚根從腳底竄出，迅速在泥土中蔓延，向下深潛，啜飲那緩緩搏動的新血。此時，他感應到塔利茲車輛顛簸，越過了省界，朝帝國京城歸去。

「尼丹·帕夏，你聽得到我說話嗎？」

巫師抓住他的雙肩。工程師微弱地點點頭。

「尼丹·帕夏，現在你已是一位真正的曼陀羅巫師，是個雙心人。當你進入我們的國度時，我聽見你在瞭望塔附近拍打土地。你是我選中的人。只要你握住這株曼陀羅，就能長出觸根，而你的新血液也將透過大地所有植物的根部循環，延伸到瞭望塔基部，甚至更遠的地方。你不再知道睡眠為何物，亦無猜疑，亦無恐怖。你將成為地人、樹人、獸人。和我一樣，你是曼陀羅山脈的守護者。千萬別試圖離開，也別與這樹根分開，這是曼陀羅送你的禮物：一旦分離，你將死去。過去，你想擁有這片山脈，如今，山脈卻擁有了你。」

比提爾薩，曼陀羅省的省會

曼陀羅貴族

瞭望塔

曼陀羅騎士

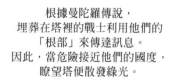

根據曼陀羅傳說，
埋葬在塔裡的戰士利用他們的
「根部」來傳達訊息。
因此，當危險接近他們的國度，
瞭望塔便散發綠光。

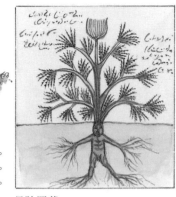

曼陀羅監牢。
高樁之上架設樊籠，下繫猛犬。
這些牢籠一柱柱排列在曼陀羅省的道路兩旁。

曼陀羅草　　　　　　雙心人（曼陀羅巫師）

製圖探險隊

曼陀羅巫師從不睡覺，
具有與瞭望塔溝通的能力。
也只有他們知道治療山中瘟疫恐懼症的藥方。

曼陀羅旅店

尼丹·帕夏

尼蘭達王朝

Les deux royaumes de Nilandâr

尼蘭達王朝宛若一顆璀璨的寶石，正如國王的宮殿：
以雪白大理石蓋成的圓頂建築映照在平靜的河面。
然而，每個王朝皆躲不過此宿命：有一天，國家必須找到新的繼承人，
而大河亦終究難逃成為邊界之命運。

　　尼蘭達的老國王在同一天為兩個兒子舉行了婚事。納利巴與納吉安的力量和美貌只有燦爛陽光堪比，他們的父王頗引以為傲。他們的童年甜美溫馨，從小，兩人就與馬林迪國王的兩位千金訂下婚約。兩位公主既溫柔又迷人，連明亮的日光都黯然失色。她們的芳名分別是阿麗莎德與惹妮姐。

　　尼蘭達王國十分富庶，風光明媚，土壤肥沃，百姓無憂無慮，樂天知命，於是人生的每個時期都過得美滿感恩。在稻田與小樹林中阡陌漫遊，任這些路徑的歌聲領你到小鎮鄉村，在那兒，香蕉樹清涼的葉蔭下，一頭頭水牛臥踞芻草。

　　婚禮在國王的宮殿和花園中舉行，王宮位於一座大島上，占地遼闊。這座長島位於尼蘭達河中央，以兩座白色大理石橋連結陸地。在國王的記憶中，他從未參加過比這次更美好的婚禮。

在隊伍最前端，樂師及男女舞者率先登場。他們穿著繽紛斑斕的服裝，轉圈迴旋，按照節奏踏擊地面，繫在腳踝上的鈴鐺不斷發出清脆的響聲。隨後，在旗海與遮陽傘林圍繞之下，六頭大象跟著，鞍轡裝飾華麗，長長的象鼻塗上鮮豔色彩，隨著笛子和皮鼓的樂音搖擺。牠們步伐莊嚴穩重，不負動物貴族之美名，背脊上馱著轎子，離地八呎高，宛若金色小亭轟立山丘。而皇家廄房中最尊貴的一頭象，位居首選象群之冠，行進時以長官的架勢輕搖身軀，故意露出寬闊前額上的皺紋。牠很清楚自己背載著極為嬌貴的人物：尼蘭達和馬林迪兩位國王殿下。緊跟在牠後面，兩對新人乘坐在珠寶流蘇綴飾的轎子裡，喜氣洋洋。

接下來是國王親衛隊與持棍衛隊，隆重盛裝，騎乘披著白虎皮的戰馬。在他們護送之下，出現四隻動物，引發陣陣驚愕讚嘆。這幾頭獸異常高大，頸部超長，宛若一株柔韌的莖梗，支撐著精緻的獸首：三角立體的頭部，充滿靈性、大大的眼睛散發絲絨般的光芒。牠們規律地昂首闊步，在人潮上方一波一波地推進，彷彿汪洋之中乘風破浪。長頸鹿，這是馬林迪國王送給老友尼蘭達王的禮物。

據說牠們能帶來好運，享有和平使者之稱。

最後，由各國王公、蘇丹、大臣組成的龐大陣容隊伍，乘著八百多頭大象，迤邐棕櫚樹叢之中，受他們的衛隊和僕人簇擁包圍。

慶典持續四十天四十夜。每一座花園都擺設宴席，鋪置繡著花草禽獸的地毯，以絲綢屏風遮蔽烈陽。上百座香柏木亭散布玫瑰與木槿花叢之中，一隊訓練有素的廚師忙進忙出，烹調珍饌佳餚。美酒四種供賓客開懷暢飲，分別以水晶盅、烏木盅、珊瑚盅及鍍金銀盅盛裝。當晚風吹拂，棕櫚葉初次輕顫，檀香木便燃起焰火，大家載歌載舞，直到天明。納利巴和納吉安趁著夜色柔美，悄悄告退，投入他們新婚妻子香甜的懷抱……

婚禮結束後，王國恢復平日的寧靜。馬林迪國王告別了老友及兩個女兒，回到他遠方的國家。

尼蘭達王將國土北方交給長子納利巴治理，國土南方則由次子納吉安掌管。他為兩人建造了兩座華麗的宮殿，距離與他自己位於長島上的皇宮同等。王國始終保持和諧，並未因雙王分治而遭破壞。甚至，原已富饒多產的兩片土地，因為交易往來頻增，反而顯得更加繁榮。

老國王對這雙孩兒僅有一個請求：希望他們在每年結婚紀念日時，回到他身邊團聚。兩個兒子齊聲信誓旦旦，只要父王在世，絕對遵從這個心願。

於是，一年後，國王現身皇宮大門階梯上，迎接兩對夫婦。只見阿麗莎德與納利巴的隊伍剛越過北橋，納吉安與惹妮妲的行列也從南橋抵達。花園裡又擺起了筵席，與去年固然不可同日而語，但空氣中彌漫著一股微微的陶然快意，只因一家團圓，席間氣氛更加和樂愉悅。惹妮妲的腹部圓鼓隆起，像一顆成熟的果子，成為眾人殷切關懷的焦點。國王的眼瞳中有一朵小小的火焰舞動，對小兒子和媳婦格外呵護，目光中充滿讚賞與慈愛。餐宴進行至尾聲時，他站起身來，端了一盤蜂蜜糕餅給小媳婦。惹妮妲滿臉通紅，在姊姊身邊，她原想低調些。阿麗莎德裹著合身的絲緞紗麗，體型依舊婀娜苗條。不過，這其實是多慮

了，因為，阿麗莎德心地高貴，不識妒忌毒藥為何物。

隔天，嬰孩誕生。皇宮上下歡欣沸騰，頓時變得有如一窩蜜蜂狂忙。老國王高興得飄飄然，完全被沖昏了頭。他聲如洪鐘，下達一長串命令，卻又相互矛盾，這裡那裡，處處散播困惑混亂，害得大理石拱廊中侍僕匆匆狂奔，響聲震天。忙亂直到午睡時間才停下來。老國王就像個嬰兒般，沉沉酣睡。

小南加丁被帶到宮廷見客。承蒙眾神恩寵，他結合了父母親所有優點。大家共飲一杯，祝他健康，願他長壽。四種乳汁盛裝在晶瑩剔透的雪花石盅裡。阿麗莎德在嬰孩的頸子繫上一條小金鍊，當作見面禮。那些日子既單純又快樂。每天清晨，兩位公主散步到河邊，輕聲互訴溫柔祕密。遠處，象群沐浴水中，抖動身上的水珠，馭象人則在一旁看守，睡眼惺忪。納吉安和納利巴經常一同出遊，手攜著手，暢談他們共有的夢想與計畫，一樁又一樁，訴說不盡。老國王憶起了青春年少，返老還童，時常舉辦狩獵比賽，沒來由地發笑，時時哼著歌曲，而女舞者們靈活的雙腳踢踏，為日夜報時辰。

光陰流轉，日復一日，宛如從最清澈的海水中採集到的珍珠串鍊，美好的一年過去。大家再度團聚，慶賀南加丁過一歲生日。小嬰兒在無微不至的關愛及呵護下成長。然而，一縷淡淡的哀傷偶爾朦朧阿麗莎德的雙眸。她的雙手按在腹部上，不過，只要看見惹妮妲的笑容，她就立即釋懷。兩姊妹，兩朵花，垂懸於同一只搖籃上方。

到了兩歲，小男孩已會拉扯祖父的鬍鬚。祖孫感情融洽得不得了，終日如影隨形。他們大部分的時間都在長頸鹿園度過，因為小王子真的好喜歡這些動物。他的外公馬林迪前來探訪，為他帶來一對高山長頸鹿和牠們的幼獸。這個品種皮毛細長，如絲緞般光滑，小王子高興到了極點。他們立刻為小男孩訂製了一副鞍韉，他於是生平第一次騎乘長頸鹿。但是，納吉安王子開始隱隱作憂。他看見兄長納利巴心中的陰影愈來愈大。而納利巴本人也竭盡全力，抗拒嫉妒惡魔。然而，當孩子每一次的笑聲像玻璃碎片般刺進你的心裡……如何抵抗得了？

從此以後，每次小王子生日，都要遣人前去請求，納利巴才肯回來。他並不想休棄阿麗莎德，卻娶妾納妃羞辱她。不過，後來這些親事也未能結出任何傳宗接代的果實。就這樣，南北兩省的命運受到動搖，上天註定，一邊已有人可繼承衣缽，而另一邊卻永遠絕後。到了第十年，納利巴拒絕再露面。他說，都是他的姪兒逼他做出這樣的決定，孩子僭越了家族團聚的緣由初衷，現在大家慶賀的是他的生日，而非紀念當初的兩門婚事。因此，北方王子認為，他已可從曾經向父王許下的誓言解脫。

老國王傷心過世。

全國上下哀慟欲絕。先王的骨灰隨河水流逝，帶走了甘甜如乳汁的美好年代。隨之而來的是一段淚水不盡的時光，沒有人敢預言何時結束。事實上，陰影終於完全遮蔽了納利巴的心靈。智慧過人的參謀與時有高見的大臣被阻隔於外，圍繞在他身邊的，盡是些祆教魔僧、伊斯蘭苦僧，和心地惡毒的占星師；他們裝腔作勢，謊稱長夜難眠，為噩夢纏困，臉頰因而削瘦凹陷。在他們諂媚的目光攻勢之下，美麗的阿麗莎德屈服了。然而，待他們一張口，話語卻充滿恨意，狠狠將她折磨。而眼睜睜地，這一團奸人卻又四分五裂，互相攻訐，爭飲納利巴王子的苦杯。由於他們，北方省陷入昏黑暗境——歌舞依舊，卻好

似在繩索上戰戰兢兢。

南加丁始終無法走出失去祖父的傷痛。惹妮妲常帶他到老國王的皇宮，他多半與長頸鹿群一起。納吉安則嘗試所有辦法，只求能讓兄長恢復理智。但他遣去的信差個個吃閉門羹，他駐派的使節人人受辱、鎩羽而歸。他這位兄長完全遭嫉妒吞噬，竟在孩子十一歲生日時，差人送來一罐毒蛇膽汁。那時起，他便和納利巴斷絕所有商業往來。

另有其他煩惱使納吉安王子夜裡輾轉難眠。憂患起於南方邊界。土匪集結成幫，洗劫大城小鎮。搶匪橫行肆虐，像有魔法似地瞬間消失無蹤，隨後即到稍遠之處重起爐灶。納吉安急忙出征討伐。

火燒良田，化為烏有；村落淪為焦土，漩渦般的黑煙不斷竄升，敵人處處留下死神的印記，卻一再迴避王子，直引他更深入南邊，不肯正面交鋒，一分高下：這是一場埋伏殺戮之戰，狡猾的豺狼與忠於打鬥的雄獅之對決。

此外，那腐敗一切的壞疽病毒在南方省分蔓延、潛伏，沿著大街小徑滲透，甚至連宮殿也受到威脅。在那兒，惹妮妲焦慮地等待她的王子歸來。年輕少婦心慌意亂，寄了一封信給姊姊，信中充滿絕望。難道納利巴不該去保護親弟的妻兒嗎？

納利巴越過河流，展開軍旗，擂鼓鳴金，下令開戰。他給弟媳捎去英勇捷報，證明自己的忠誠，此時他的軍隊好比全身豎起了利刃的蛇，默默溜上征途。然而，這支盟軍胃口貪婪：他們總需要更多酒水麥糧；黎明之前，公雞的啼聲神祕地戛然而止，廚房變成屠宰場，傳出陣陣垂死呻吟。如果惹妮妲的眼睛更銳利些，就會注意到：烽火從老國王的宮殿冒出；如果她的耳朵更敏感些，應能聽見：姻兄下的是多麼卑鄙的命令。然而，親族叛變之念頭不可能在她心中占有一席之地，她也拒絕去了解那些大家都一清二楚的事。她等著上天派一個人來拯救她，她對那人仍心存友愛，視之如兄長；但凌駕在她身上的卻是隻凶猛的獵鳥，利爪張得老大，又尖又刺。不久，納利巴的軍團進入她的宮殿花園紮營。他帶著敵意，耀武揚威地走在最前方領隊，身後跟著一批批醉醺醺的士兵……整座城堡驚嚇得結結巴巴，迴廊裡四處響起尖叫吶喊，人群推擠。惹妮妲朝大門奔去，為了護送她的兒子南加丁逃跑，一隊忠心耿耿的士兵壯烈犧牲。

當納利巴得知他想要的獵物竟已逃出，頓時怒不可

抑，大發雷霆。他令人砍下弟弟所有侍僕的腦袋，並宰殺所有動物。惹妮妲被帶到納利巴城堡中的一座監牢，一聲砰然巨響，牢門已在她身後緊緊關上。

納吉安終於知道納利巴叛變的消息，然而為時已晚。他下令撤軍，指揮士兵加速行軍，趕回宮殿。可是，敵人愈來愈多，不斷騷擾他的部隊，不斷突襲，日以繼夜，永無止境。為這些沒有把握的戰鬥，王子付出了最後一絲力量。就在距離宮殿不到十里之處，他全身插滿了箭，悲憤交集，倒地死去。

不過，南加丁逃了出來。他對戰爭厭惡至極，而這股反感卻在最祥和之處大剌剌地展示醜陋的傷痕，逼得他每天總得多趕幾里路。終於，他來到尼蘭達河畔。眼前大理石橋的橋墩崩塌，意味著：祖父皇宮所在之島也和王國其他地區一樣，慘遭蹂躪破壞。

為防範巡邏，他一直等到天色暗下，時機適當，才潛入冰涼的水波。他極善泳，平安無恙地上岸。長頸鹿群從林園深處向小主人奔來。他認出小時候曾經乘坐的那隻，藉著一株矮枝，攀上牠的背。利用樹木遮蔽藏身，等待黑夜再度降臨……

以前老國王曾告訴他一個所在，在島的西邊，那裡河水較淺。南加丁帶著整群長頸鹿渡河。他緊扣住坐騎雙角，長頸鹿身軀高大，成功涉水抵岸；換作一般馬匹，必定畏懼卻步。上岸後，他策鹿快馳。一支巡邏隊發現這群不尋常的動物經過，騎士下令追捕，以為他們的快馬必能輕易抓到，但無論如何加鞭狂刺都是枉然，只能眼睜睜地看著長頸鹿群消失在地平線上。牠們奔馳起來那麼從容平穩，叫人以為根本沒有移動，而其實每一步都將最快的追兵甩得更遠。

不久後，男孩脫離危險。他能毫不費力地取下鳥巢中的蛋，隨心所欲地摘食高不可攀的樹果。想找出正確的路？很簡單，只需爬到最高那隻長頸鹿的頭上眺望。牠們穩健的雙腿不畏任何川流溝渠，而只要坐騎稍顯疲累，他便替換一隻。如此，他穿過重重森林，爬過層層高山，歷經艱難，來到馬林迪王國。他來此敘述國家不幸的遭遇，想鑄造復仇的器具。但是馬林迪國王，這位遙遠且僅見過幾面的外祖父，年事已高，力量薄弱，實在無法在如此倉促的狀況下出征。當然，想到女兒們遭受無禮冒犯，他氣

得全身發抖，也為亡友凋零的國土淚濕衣襟；然而，他早已不知該如何領兵作戰。

對南加丁而言，避難之地於是成為流放之地。他面向遠方，逐漸長大，人雖活在此地，心卻在彼方跳動，哀傷的神色，就像那些太早熟的孩子，用盡所有心力，壓抑今日絕望之痛苦，才能忘懷往昔那如夢似幻的幸福。尼蘭達幾乎音信渺茫。他的伯父專制獨裁，統治著一個奴隸與殺人犯的國度，惹妮妲在狹小的牢房中踱步，阿麗莎德瘋了，如此過了許多年。誰能扭轉這樣的情勢？馬林迪國王得了重病，南加丁日夜守顧，直到他嚥下最後一口氣。

十年過去。

一個年輕人悄悄潛入尼蘭達王國。喪權的王子，孤獨、沒有祖國、沒有軍隊、沒有美名也沒有財富，只有一顆赤裸裸的心靈。鳥兒在樹上歌唱，水牛臥於村郊休憩，雲影映在一格格清澈的水田中：一切如昔，而人事全非。南加丁沿著通往宮殿的大道前行，路徑猶如傷痕。一座橋跨越在同一條河上，重新建造的橋拱之下，河水冷冷奔流。清晨薄霧中，一道年輕的身影潛入水中，從對面上岸。他輕輕走向長頸鹿園，戰爭之後，伯父納利巴花了大筆費用重新繁殖。長頸鹿朝他走來。他一直都知道怎麼跟牠們交談。烽火孤兒與和平使者，鹿群圍繞著他，他伸出手，獻上一把柔嫩的新芽，牠們彎下長長的頸子享用。

衛兵發現了這名不速之客，連忙趕來。這個瘋子是誰？竟在宮殿境內撒野，無視國王的禁令，逕自接觸殿下最喜愛的動物？士兵圍成一圈，槍矛全指著他。然而他們卻遲遲不敢動手，困惑這人的長相為何與暴君竟有幾分神似。叱喝咒罵之聲傳入宮中。納利巴突然現身，至於阿麗莎德……一切恍如夜裡到訪的夢境。

她認出了青年頸上的小金鍊。而一把利劍出鞘，舉得老高，正預備砍下——納利巴也認出了南加丁。姪兒並不做任何抵抗，靜候鋒刃斬斷他的生命，帶他到父親身邊。但納利巴遲疑了，憤怒迷濛了他的雙眼，卻無法蒙蔽他所不想看到的事實：南加丁和納吉安父子如此相像，所有特徵都重疊為一。那麼，他該二度殺害他年少時期的伙伴嗎？在那遙遠的歲月，他還完全不懂得仇恨與妒忌……

他的雙腿不再那麼直挺，手臂也不再那麼強硬。士兵們垂下了矛槍，阿麗莎德上前擁抱她的姪兒，可是，納

利巴突然又著了魔，怒氣沖沖地撲向南加丁，結果一個踉蹌，揮劍砍下。刀鋒偏歪，削破南加丁的肩頭。納利巴則因為攻勢太猛，失去平衡倒地。

這時，長頸鹿群大步朝暴君走去，趁他還來不及起身，便猛力踩踏。

士兵們本已準備為君主復仇，卻因阿麗莎德不斷呐喊而停止行動。南加丁則朝宮殿一直跑，一直跑。他遇見王室侍從和軍官不斷從各處湧出，卻沒有人追他；他們急著奔往悲劇現場。趁著一片混亂，他在關禁母親的屋閣四處搜尋，終於找到牢房所在，拉下門鎖，釋放惹妮妲，並將震驚得幾乎暈了過去的母親一把抱起。

他走進宮中一個房間，將母親安放到床上。沒人有空理他們，整座宮殿狂躁不安。納利巴死前的最後掙扎抽搐撼動了青石與大理石，甚至震搖了基石。現在，國王之死造成宮廷瓦解，他的死訊迴盪，越過一道道拱廊，引起僕人和朝臣騷亂推擠。有人為奴役他們的暴君流下冷漠的淚珠，有人焦急地尋找皇后，想知道今後的風向。

惹妮妲逐漸恢復意識。她撕下一塊布，為南加丁包紮肩上的傷，同時凝視著他，許久許久。他有著她所深愛過的那個青年的特徵，那人後來變成了國王，並跟她生了個兒子。之後，她在這房間繞了一圈，於幃幔之前慢下腳步，一直走到大理石陽臺上。陽臺面對著的園子裡，長頸鹿群悠哉漫步。

「是啊，」她喃喃說道：「長頸鹿……和平使者……」

她憂傷地微笑了一下，轉身面對兒子，終於，喊了他的名字：

「南加丁。」

現在，她想起來了。就是在這裡，在這個房間裡，她把他帶到了人世。

那是整整二十年前的事了。

納吉安與惹妮姐

馬林迪王國之
女舞者

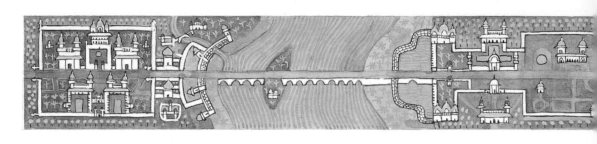

雪花石盅和瓶

南加丁出生時，人們飲下四種乳汁，
盛裝在雪花石盅裡：
馬乳、綿羊乳、山羊乳及水牛乳。

尼蘭達國王和
馬林迪國王
正享受盛宴

尼蘭達王和騎乘高山長頸鹿的孫兒南加丁。
這種長頸鹿有著絲絨般的長毛，非常稀罕。

尼蘭達皇宮

納利巴與阿麗莎德

納吉安之死

惹妮妲成為納利巴的俘虜

納利巴的戰象

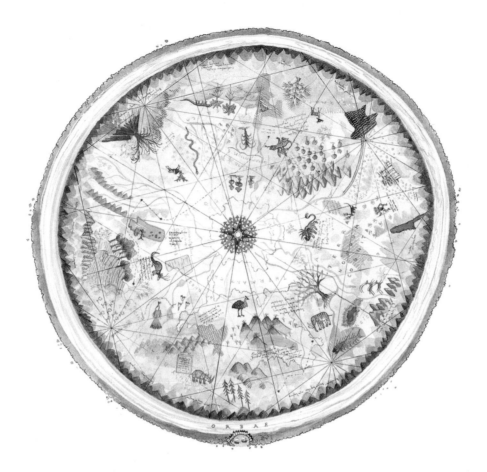

歐赫貝島
L'île d'Orbæ

許多商船艦隊在歐赫貝島停泊，在這裡購入各種稀奇物品。
五珍碼頭上販賣著罕見的動物、植物和寶石。
島嶼由宇宙誌學家階層統治，他們調節進出內陸的關卡：薄霧之河。
歐赫貝內陸大地的豐富資源都隱藏其中。

在歐赫德流士眼前，薄霧被岩石撕成一條條細長的火山煙。他的探險隊員個個全身汙泥，如機器人一般向前行進。這列疲憊的隊伍拉得老長，人與馱畜都氣喘吁吁，踏著前方人馬的足跡。有時候，旅隊整段整段地被濃霧吞沒，直到半里路後，才吐出來還給亮光。有些人必須以擔架抬行。歐赫德流士自己也已步履蹣跚，精疲力竭，不過總算鬆了一口氣：今晚，他們將在歐赫貝過夜。

他們從盲者門進城。路上火把已經點亮，內陸廣場上擠滿人潮，萬頭攢動。進城本就該這麼風光。擔心不已的家人擁抱生還者。他們結群成串地圍繞在一個個火盆邊。犬隻十分忙碌，火光照耀下，拉著長長的影子，在各群人馬中穿梭。其中一隻狗在一只籠子前停了下來，籠中躺著一隻鳥，羽毛脫落了一半，那是這次探險的唯一戰利品。

而後歐赫德流士遭一群軍官叱喝突擊；在謹慎的護送之下，他被帶到觀象臺宮殿，關進他自己的寓所。他的筆記全給沒收，嚴加保管。

他的手肘撐靠窗臺上，窗戶正對港口。

許多外國船隻，甲板靠著甲板，以纜繩連繫，在幽黑如鏡的海水中倒映成雙。船身吃水淺淺，似乎迫不及待想拉起船錨。船首的斜桁雜亂交織，竟詭異地像極了一座座絞刑架。歐赫德流士試圖猜測這些船隻從何處來，想像裝飾在船首的是些什麼樣的名字。生平第一次，他有了離開歐赫貝的念頭，儘管法律嚴禁任何人登上任何船隻，否則將以終生流放論處。但誰知道呢？說不定，自我流放異鄉還比在自己的國家裡過著被放逐的生活感覺好些？

歐赫貝是一座島，狀似一圈冠冕放在海上，占地如一個王國般遼闊。白色的峭壁筆直險峻，想要翻越簡直難如登天。全島只開放一座城，一個港，那是唯一的出入口，僅供外國船隻使用。廣大無垠的內陸並未揭開神祕的面紗。在內陸與環形峭壁之間，一圈濃霧終日瀰漫，如果沒有盲人行會協助帶路，絕對走不出來。那是薄霧之河，日升潮升，日落潮落：據說歐赫貝的氣流，從非常遙遠的海上就能看見，迷信的水手們都說那是島之「吐納」。

港灣裡的燈火一盞盞熄滅，僅剩帆船船尾的舷燈仍亮著，水面如脂，火光照映舞動。歐赫德流士沒有睡意。

不由自主地，他始終覺得他那疲憊的雙足下，曾走過的漫漫長路仍繼續移動。他在牢房中繞圈踱步。海洋的嘆息傳來，擊在緊閉的城牆上，溜進無人的小街，悶聲細語，搖哄著這座城。回憶如潮湧現：溫熱的傾盆大雨中，鮮紅的森林裡，樹上結滿甘甜香醇的果實；藍色山丘的陰影下，火紅的泥地冒著煙；鳥兒輕輕掠過七彩湖泊，展翅高飛，彷彿雪白漩渦嗡嗡作響。瀏覽過那麼多地域，令人嘆為觀止的事物如此鮮明。

日日夜夜，他反覆思念著那些相同的意象，而若睡意找上他，夢中出現的卻是黑暗之地。

一天早晨，司法衛兵隊來帶他走。群眾聚集在觀象臺宮殿和宇宙誌學院間，必須強制清道，執達員的隊伍才能通過。歐赫德流士再度披上宇宙誌學者的長袍，戴上帽冠。一路上他領受到幾次冷嘲熱諷，然而，這身代表階級地位的打扮，加上他昂首揚眉，儀表堂皇，仍少不了引人暗暗欽羨。不久前，人們還捧著他歌功頌德，各種稱號加諸他的名之旁，如繁花綻放：「科學博士之光」、「偉大宇宙誌書法家之太陽」、「五珍碼頭商家之貴人」。一顆流星，那些看著他瞬間大起大落的人們如是說。

宇宙誌學者們在宮殿的圓形劇場共聚一堂。講臺上木槌一聲敲響，請與會者就座，於是引發一陣人聲嘈雜，衫袍窸窣。幾聲咳嗽震得階梯座席搖搖晃晃。陪審團員伏在桌上，神色凝重，低著滿頭白髮，交頭接耳，悄聲傳著外人聽不見的訊息；同時，書記員修長的手指急切地削著羽毛筆尖，扭開墨水瓶蓋，展開一卷厚厚的紙張。第二聲木槌敲響，打斷喧嘩，廳內突然一片寂靜。所有目光都轉向場地最後方。歐赫德流士進入競技場。

首先宣讀他的姓名。命令他說出自己所有頭銜，並仔細自述生涯的每一個階段，雖然廳內的人都瞭若指掌。學業成績優異非凡，二十四歲就在這座宇宙誌學院取得博士學位；探險內陸多次，階掛尉官；三十歲時榮獲大發現家頭銜，這項殊榮通常只頒給年長許多的學者。

進行探險時期，他帶回了上千種動物標本，有羽毛類、鱗片類、甲殼類，有的皮膚光滑，有的一身長毛，而大多數都是前所未見的陌生品種。他另活捉一百五十三種樣本，或施以武力或善用奸巧，大多在非常艱險的情況下捕得，其中包括：木面具麋鹿、短牙角貂、憂鬱夜猴、星沼狸……等。至於他所帶回來的植物，品種更多，如：鳥狀美人草及極為稀有的樂聲毛地黃；另外還有記憶石和珍貴沙粒。這只是眾多作品之精華，他的諸多傑作讓學者們至今仍忙著清查，也讓商家賺進更多財富。訴說這一切事蹟時，歐赫德流士的聲調節制而淡漠，並以同樣的語氣回答審訊者的問題，讓他的同儕去作評論。在場的宇宙誌學家們剖析他的每一個答案，卻絲毫無法從中識破任何叛變徵兆。

一定要回溯到最後那次探險，那次不可思議的大失敗，多麼荒謬的錯誤！使得之前所有功績蒙上不可預知的恐怖陰影。三人失蹤，十七人染病或受傷，這是歐赫貝探險史上最悲慘的一頁，將歐赫德流士的威名毀於一旦。更何況，那次探險毫無收穫，除了一隻瘦弱的小鳥，畸形怪狀，醜模醜樣，羽毛黯淡無色，再綴上一顆亂蓬蓬的鳥頭，每隔一分鐘就撐起細長纖弱的頸部，聲嘶力竭地發出荒唐刺耳的尖叫。階梯席上順勢揚起幾陣笑聲，大家都認得「歐赫德流士鳥」，從一開始，名聲就和牠的發現者一樣響亮。

接著幾位副官審問他：為何那次行動對外保密？為何選在夜裡出發？最重要的是，為何歐赫德流士罔顧歐赫貝

最神聖的律法，不請盲人行會協助，在沒有保障的情況之下，強渡薄霧之河？

回答問題的人始終低著頭。他敘述渡越薄霧之河的過程：那是霧白的夜裡一段長長的漫遊，恍惚潛入一座被淹沒的世界，寂靜無聲，所有參考標的都被抹除，甚至分不清白晝黑夜。針對某個較明確的問題，他回答：「是。」接著嘆了口氣，說：「是的。」歐赫德流士強迫每個人保持雙眼睜開，但在渡河之時，他們每個人卻都纏著圍巾蒙住視線，回想起走出那段崎嶇的路以後，眼前出現的竟是綿延不盡的黑暗之地，直到現在，他仍不禁打了個寒顫。

審訊官終結問話，對所有與會者展示一冊檔案。卷宗裡有幾張地圖和歐赫德流士的手寫筆記。那竟是一本薄霧之河地誌集的草稿！

盲人行會的會長再也無法忍受，突地站起身，沉重的手杖砰砰敲擊地面，嘩啦嘩啦地連聲詛咒起來。他呼喊歐赫德流士的名字，質問他。少了眼神傳達表情，那聲音聽來格外詭異。會長低沉咆哮：只有盲人能在黑暗的夜裡或濃霧之中保持穩健等距的步伐，所以，只有他們有能力和權利指引探險隊穿越薄霧之河；每個人與前後隊員之間以一條繩索連繫，這條命運之繩必須交到盲人手中，只有他們有權掌握。歐赫德流士妄想讓不可見之物成為可見，不僅犯下地理邪教徒之罪，恐怕也已害內陸大地不再生產，荒蕪殆盡。是他將那塊充滿生命力的沃土化為一畝畝幽暗黑田。讚嘆驚奇的時光已逝，如今，了無生氣的平淡歲月來臨，對於想窺探面紗下容顏的褻瀆者，這就是歐赫貝的回應。從此之後，所有探險隊都將空手而歸，徒留鞋靴沾滿塵泥；或許，即便是最好的狀況，唯一的戰利品也將只是一隻那種可憐兮兮的鳥，望之令人不安，和眼前這隻一樣羽毛稀疏──這簡直是這個遭暴露羞辱的新世界中一朵最蠢笨的裝飾！

「把嗓子喊啞了的可不是我。」歐赫德流士回答。

然而審訊官採信盲人行會會長指控。他認為會長有理。為什麼要做出這樣大不敬的舉動？薄霧之河是歐赫貝領土中唯一禁止看視之處，為什麼歐赫德流士非要去探勘不可？只有在遵從接近之道的前提下，內陸大地才會解開它的祕密。有了這層薄霧環繞遮蔽保護，它才能重組景觀風貌，生產新品種果實，滋養新的物種。如果這些神所賜予的糧食瀕臨絕滅，如果一切都將遭那汙穢的黑泥腐蝕，

那麼,學者、商販及全島居民該怎麼辦?

「我喜歡睜著眼睛夢想,」歐赫德流士回答:「薄霧之河看上去很美。她的灰色柔軟如棉絮,淹沒一切事物。她舒展朦朧乳白的龐大渦流,鋪張絢麗多彩的美妙布幔,生物脫胎換骨,化為精靈:你會以為自己漫步天庭。然而這片模糊的世界也有法則。我已能斷定:薄霧之河共形成七個同心圓環,引導每道圓環的霧流各個相異。也因此,渡越之時,想找到定位點才會如此困難,因為,土地彷彿自己在我們的腳下移動……而你們訕笑嘲諷那隻叫個不停的鳥,牠可算是我所能帶回來最好的禮物了!相信我,再也沒有比牠稀奇的東西了:這隻飛禽是一個活生生的印證,牠能證明一則地理學說!」

「但首先,這隻畸形的鳥證明的是,歐赫貝島對你的莽撞已施加報復!那是內陸大地的禮物,專門送給像你這種侵犯薄霧之河祕密的邪教徒!你僭越了自己該扮演的角色,所以從此落得失去聲譽及財富的下場!」

「主動去觀察愚蠢法律禁止觀看的事,這才是宇宙誌學者所該扮演的角色。既然你們以地理邪教徒的罪名指控我,那麼,我要求用母圖來裁決。」

最後這句話果然引發預期的效應。至高無上的母圖只在每年初始更新資料時才會請出。話雖如此,地理邪說的審判卻也是極為特殊的事件……一名執達員急速前往「百名長老」之處。由於母圖不可能被搬到法庭來,於是指派了幾名與會代表,陪同庭上和被告一起移駕地圖大廳。

那裡每一面牆都蓋滿了圖卷與卷宗,其中包含各式地誌集、地圖和航海用羅盤圖。廳中一側牆完全用來存放與內陸大地相關的文獻,另一側則是境外大地的專區:外國商人們就來自那些島民未知的世界;而歐赫德流士雖對第一面牆的收藏貢獻良多,最精要的研究時間卻多花費在另外那側牆面。那兒有全世界的地圖集,其中有些非常古老,是在五珍碼頭以天價收購而來。

話說,宮殿官吏已將母圖搬運到查閱專用的桌面上展開。那是一張很大的羊皮紙,加襯了一層絲綢。圖上顯示內陸所有形狀變化與各個年代,從中可看出數不盡的景觀重疊,形成一幅斑斕雜亂的圖畫,畫面上植滿各種樹木,遍布稀奇的動物。雖幾乎已遭歲月磨蝕銷跡,但從圖上仍依稀可辨認出一些年代極為久遠的怪獸——狗面人身,臉部長在身體中央的無頭類生物,以及其他許多奇觀異事。

地圖邊緣還綴滿了古老可敬的圖標和字跡，這些字圖「百名長老」都認識；他剛登上講壇，凌駕全圖之上。這位老人擁有不可思議的記憶力，但年事太高，無法閱讀地圖。這差事便交由一名十歲的小孩來做，因為這孩子的眼睛能解讀最微小的細節，並能穿透新添文字之墨水，重現被覆蓋其下的呢喃細語。人們稱他「隱跡紙童」。

這時，法庭成員已圍繞在母圖旁邊，大家似乎都在等待，看誰忽然能從圖中解讀出幾個驚人發現。歐赫德流士一句話也沒說。母圖僅欣然展現這份色彩繽紛，讓有幸凝視它的所有人們著迷不已。

卻是審訊官第一個瞥見褻瀆之物：一灘黑漬，形狀不規則，大小如手掌，落在距離代表薄霧之河的藍色圈環約三指之處。墨痕猶新，尚未因長時間擺放磨出亮光，很顯然，是某人粗心大意之過。審訊官嘆了一口氣，問：

「是誰這麼大膽？」

「是我。」歐赫德流士說。

宇宙誌學家個個憤怒難當，人群中傳出一波波抗議聲浪。

「呈現在諸位面前的，就是你們口中所謂的『黑暗之地』，」歐赫德流士十分沉著，繼續說道：「諸位都看到了，這塊土地面積並沒有多大，也就是說，歐赫貝還會不斷供應我們美妙奇蹟。」

「你竟然再次僭越了你的權責！你沒有權利親手在母圖上畫出你所探勘的區塊。你應該先把旅行日誌呈交給宇宙誌學院才對！至於在母圖上記載資料，你很清楚，那是彩繪室製圖師的工作，而這份工作嚴格規定只有女性能做！真是雪上加霜，你的第一項罪行變得更加可恥！」

「這個墨漬並非記錄我到黑暗之地的探險，總之，不是你們所認定的那樣。事實上，的確，我親手在我們至高無上的母圖上滴下了墨汁，然而，卻是在此事發生之後，我才決定不顧那些教條法律，展開探測行動，尋找自己事前『畫上』的那塊土地。」

「簡直胡說八道！只有根據發現家的報告，藉助宇宙誌學者的智慧，製圖師才得以工作。只有先看到現場，才能在圖上畫出來。絕無顛倒行事之理！」

「原先我也如此相信。不過，請再仔細看看母圖。彩繪室的女圖師們唯一留白之處，就是這圈薄霧之河。至今，這塊區域仍未有人探勘，實是盲人行會最大的福氣。

可是，在此之後，整片內陸大地都已具體標記，詳細繁瑣，程度驚人。幾個世紀以來，這些女圖師移山倒海，隨興增添各種想像出來的珍禽異獸，憑空造出新的地區，一些可能存在的世界，一些夢幻的世界。於是這兒大張旗鼓，派出上千支探險隊伍，然後再用他們的發現、帶回來的奇物與所經歷的故事來豐富地圖的內容。」

閱圖桌旁一陣激昂憤慨。

「這一切都沒有證據，歐赫德流士。你自吹自擂，號稱這塊墨漬是你的傑作，很好！不過我們對此做出兩點駁斥。第一，你那次探險並未按照保障安全的規則行事，因此，在缺乏任何母圖的監控下，沒有任何事物可以證明黑暗之地果真位於你所指定的位置。第二，我們在場每一個人都知道，內陸大地多麼富於變化，甚至隨時可能顛覆騷亂，所以先後兩次探險隊常帶回完全不同的結果。對我

而言，毫無疑問，黑暗之地就是歐赫貝對你大逆不道的回報，而非如你試圖讓我們相信的，愚蠢呈現你那些異想天開的荒唐研究成果！」

「那你呢？你有什麼看法？」歐赫德流士問隱跡紙童。孩子立即滿臉通紅。「別怕，一切責任由我承擔。不如跟我們說說這個圖案，墨漬旁邊的那個。」

孩童什麼也不敢說。法庭成員俯身細看，終於，在歐赫德流士滴出的墨漬旁邊，辨識出一枚小小的塗鴉，看似出自一隻小手，笨拙天真卻充滿淘氣和生命力：那是個小孩畫的，年紀可能在十歲上下。這枚圖案顯然與墨漬同時形成。大家的目光投向隱跡紙童，而後轉向歐赫德流士，他始終不動如山。審訊官將上半身俯得更低些，突然向後一彈。他剛認出那枚拙劣的圖案，畫的原來是一隻「歐赫德流士鳥」！

身著禮服的宇宙誌學者和
盲人行會的成員。

發現家從某次探險凱旋歸來

盲人行會　　　　　　宇宙誌學家　　　　　大發現家

根據旅行日誌和探險紀錄，
歐赫貝的女製圖師每年爲母圖更換新的繪飾。
她們的工作成果呈交宇宙誌學院監管。
島的正中央未經探勘，
在母圖上被稱爲「尙無人知的陸地」。

雲圖集。
歐赫德流士參考此書，編寫薄霧之河地誌集。

彩繪室的女製圖師

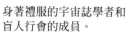

隱跡紙童正在
學習古歐赫貝文

更新母圖

彩繪室的女製圖師

百名長老

珍稀遊行

身著探險裝的發現家

歐赫德流士鳥

短牙角貂

木面具麋鹿

磁石。
磁石的兩半無可抗拒地互相吸引。一半固定在一個可動的四分之一圓上，將永遠指往另一半所在之方向——宇宙誌學院的宮殿。如果兩半磁石分離太久，就會耗盡磁力。磁石就此死去，探險隊將無法找到回程的道路。

五珍碼頭上的花鳥市集

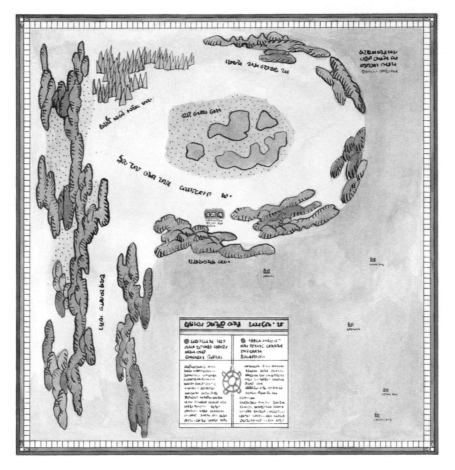

石族沙漠
Le désert des Pierreux

根據石族傳說，這片沙漠是一個巨人倒下所造成。巨人的身軀接觸地面，碎裂，散成數十億岩塊與石礫。
從他的牙齒誕生出龜族，從他的指甲生出人類。他留給龜族原始的堅硬特性，
此爲沙漠生存之所需；而給人類，他留下的卻是關於路徑與流浪之虛渺知識。

　　那是寇斯瑪初次到邊界那麼遠的地方歷險。沙漠綿延，一望無際。天氣非常寒冷。無雲的天空下，崗哨顯得十分渺小，綴在無垠大地邊上，形同廢墟。門吱吱呀呀地開了，露出一道走廊，被營火燻得焦黑。戍防部隊共計三十來個廢物，整天忙著殺時間，對忍受他們無聊煩躁的幫手——馬匹和騾匹拳打腳踢。部隊聽從一名軍官指揮，此人眼神狂熱激動，當寇斯瑪詢問是否能洗個熱水澡時，他驚訝得差點兒沒噎了氣。

　　夜晚降臨，寇斯瑪的副官前來報告：戍防隊軍官邀他共進晚餐。寇斯瑪正在研究這趟旅程的地圖，聽了這話，不由得皺緊了眉頭。但他總不好拒絕。

　　兩人各據長桌一方坐下，一言不發，如此良久。寇斯瑪將仁丹鬍揪得發亮，部隊隊長則一再替他添酒加菜，雖然他幾乎連碰也沒碰。

　　最後，隊長哂了哂嘴，一股作氣，滔滔不絕，發表起長篇大論。他有一項計畫，從到任以來就開始醞釀，也就

是說，他故意強調，至今已歷經十五年以上。帝國御使寇斯瑪大人想必會對這項計畫極感興趣，因為，隊長咯咯笑了兩聲，正巧，他想沿著整條沙漠邊界建造一道圍牆，並在圍牆後加挖一道不可能穿越的壕溝。說到這兒，他喊了聲抱歉，倏地起身跑回房間，然後取出一捆發黃的文件擱在桌上，興奮地割斷捆繩，攤開許多地圖。圖上布滿刪改痕跡和密密麻麻的蠅頭小字。隊長結結巴巴地說明，如數家珍地報告工程所需的材料及人員，汙黑的指甲一面在一堆胡寫亂畫的數據中搜尋。沿著城牆而挖的壕溝預計寬十五呎、深十呎，另外，每隔三百步就豎立一座塔。

他灼熱的目光尋求著贊同。全部，所有的事，他都設想到了。他又給自己斟了滿滿一杯燒酒，替寇斯瑪也添滿酒杯，絲毫不把他拒絕的手勢放在心上。問題是，在這兒，他孤立無援。帝國放棄了它最寶貴的事物啊……他壓低聲量，繼續說，就打個比方吧！他這計畫需要丈量奴工，申請了好幾次，終於派來五十幾名，雙足卻捆綁成「南腳」。是的，您沒聽錯，「南腳」！全世界都知道得很清楚，只有「北腳」才能配合士兵的步伐啊！他花了好久的時間，才把「南腳」的量測結果轉換成「北腳」的數

據。然而，不到三星期，那些奴工全都死光了。他們根本不會走，要不然就走得歪歪斜斜，從來沒量準過，加上完全不能適應這裡的氣候……的確，氣候是很嚴苛，不過，還是能習慣的嘛！習慣就好了嘛……咦？剛剛說到那兒了？哦，對了！丈量沙漠……所以，根據他的計算，邊界應該綿延約有……

然而寇斯瑪早就不見人影，他已經先走了。這隊長彷彿突然失了魂魄，又嘟噥了兩句，一把推開杯盤和文件紙張，趴在桌上，沉重的腦袋埋進臂彎裡，呼呼大睡起來。

天光未亮，寇斯瑪便已起床，梳洗，衣裝鞋靴一律穿戴就緒。他令副官前去叫醒嚮導。就在這個時候，部隊隊長現身，人剛睡醒，臉還浮腫著。他哈腰鞠躬，結結巴巴地連聲道歉，昨晚不該這麼冒犯（寇斯瑪做了個不耐煩的手勢），但這裡真的很苦，隊長又再三強調，平時貴客罕至，他必須提振精神，對抗憂鬱，否則人會突然莫名哀傷，甚至到癡傻的地步；要面對各種意外，比如大雨來臨，沙漠的石礫滑溜不已，連騾匹都因踩不穩而跌斷腿；還得解決士兵間的爭吵，計較誰被誰打斷了幾顆牙；麵包

又乾又硬，永遠不新鮮；冬天裡寒風日夜呼嘯，你會恨自己為何生來沒有龜甲；更要對付石族陰險的伎倆，而關於這一點，相信我，我們早就該有法子解決了才對……不過這時副官把嚮導帶來了，寇斯瑪躍上馬鞍，聳聳肩，甩掉這一串惱人如陣雨的話語，大聲喝令城門打開，驟匹邁開步伐，很快地，他們已消失在第一批石林之後……

「就讓沙漠把你給吞了吧！」部隊隊長低聲詛咒。

一行三人：寇斯瑪、副官，以及趕著騾子、每走二十步便呸啐一口的嚮導。除了那聲音外，僅聽得單調的蹄響。寇斯瑪要趕赴一個約會，地點在「三十二頭像」，從崗哨站騎馬約需十日路程。他極為自重，每天早上都穿戴整齊，一絲不苟，不與同行兩人交談，僅僅吩咐趕路，或交代命令，不容多嘴，並要求在最短時間內達成。事實是改變不了的：他根本不喜歡沙漠，而且認為這次任務荒謬透頂。

到了第五天，牲畜開始顯露焦躁，嚮導因而咬牙切齒地斷定，必是石族暗地跟蹤作祟，或許他們遠遠地一路相隨也不一定。在此之後，起了好幾天大霧，他們只得搭營野宿，就地等待。某幾天早晨，一股氣味瀰漫附近，聞了教人全身不舒服。嚮導皺起鼻子用力嗅了嗅，呸吐幾口唾沫，咒罵石族奸詐狡猾，然後轉身去餵牲畜。寇斯瑪滿腔怒火，難以平息。他裹著鋪蓋，想寫些什麼。但是，寫些什麼好呢？除了日期每天更新之外，遁隱荒蕪之中，這一段白茫茫的時日，又有什麼可記？

終於，大霧消散。他們再度上路。三十二頭像，許多人把那裡當作沙漠真正的入口。待他們趕到，早已逾時十多天，石族也不見蹤影。

「這的確是他們的作風，」嚮導低聲抱怨：「現在，只有等到下次滿月了！」

「這算什麼？」寇斯瑪咆哮了起來：「當初就約在這裡，他們應該要派遣密使過來，怎麼能讓帝國御使空等？！」

「是啊，不過大霧耽誤了我們的行程。更何況，還有人這麼說，石族可以隨心所欲降下濃霧。事到如今，不到下次滿月他們是不會來的了。他們做事永遠這麼陰險。」

「咱們的存糧撐不到那麼久，」副官發話了：「如果今天就開始折返，應該有機會平安回到崗哨站。」

對寇斯瑪而言，這根本不算解決之道，他絕不願做出

如此喪失顏面的決定。他氣得將官帽往地上一扔。

「很好！你們想走的話就走吧！至於我，我要留下來。糧食和三匹騾子讓我帶在身邊備用，我就在這兒等，他們終將出現。」

言出必行，寇斯瑪一等再等：一天、兩天、三天、五天……天氣很冷，每天晚上，微風吹拂，三十二尊頭像彷彿講起話來似的。寇斯瑪覺得有些毛骨悚然，暗暗感謝老天爺沒興起風暴，否則，他不敢想像那些岩怪會發出多麼恐怖的嘶吼。然而，漸漸地，恐懼征服了他。某天早晨，他決定離開那個地方，於是朝沙漠更深處前去。

那一天，他第一次遇到石族。

先是他的坐騎突然昂起上半身直立。接著，一匹騾子猛力拉扯他的拴繩，害他差一點跌下馬來。寇斯瑪登上一座岩石，環顧遠眺：什麼都沒有，除非是，那兒，那一陣模糊的氣流波動……他瞇起雙眼，沒錯，他心想，彷彿沙漠遠方的石頭動了起來。「那玩意兒」朝他前來。一步一步，緩緩地，幾乎看不出來地，嘎吱嘎吱，沙沙刮磨，偶爾甚至發出落石坍崩的聲響。

為這次會面而做的長久準備都白費了。他們模樣之醜陋，超乎寇斯瑪至今的一切認知。即使他曾在書中閱覽過雕刻畫像，但與實物完全不能相提並論。他們行走的方式流露著一種冷漠無情，彷彿是些石雕動物，任由來自史前時代的風推動。當他終於分辨出石族人類尚且乘著坐騎時，忽然有股衝動想轉身逃跑，因為，他同時也聞到了那股爬行獸類的氣味，止不住作嘔。

他們在他身旁圍成一圈，高高棲坐巨龜之上，冷冷地盯著他看。人人身上披著沉重的罩袍，看上去就像甲殼人一般。其中一人以怪異的石族語說了一、兩個字，並遞給寇斯瑪一張薄紙。

那是該來與他會面之人所寫的一封信。信中建議帝國御使裝載行囊，與石族共乘巨龜，因為其他牲口只能到此為止，無法載他更深入礫漠。寇斯瑪寧可選擇相信，畢竟騾馬的蹄子都磨損受傷，他可憐的坐騎已經殘跛；於是，他決定在此離棄牠們。然而，石族堅持分派給他的髒兮兮衣袍和笠帽，他斷然拒絕穿戴，且對於他們的品頭論足，也聳肩表示不以為然：在他聽來，那些話語似乎過於諷刺，事實上他卻大錯特錯。

這趟旅程留給寇斯瑪一段沉悶無窮盡的回憶。接下來的日子，按照巨龜遲緩的行進節奏，每一天都過得一模一樣。他實在很想催促腳步，但石族卻似乎早已將他遺忘；他們始終往同一個方向前進，但究竟是哪一個方向，也只有這批謎樣而沉默的族群知道。速度好慢好慢，有時他甚至懷疑根本沒有移動。休息時，他們啃咬掛在脖子上的乳酪，非常之硬，寇斯瑪必須先用溫水稍微浸軟，打碎，才能吃得動。入夜之後，他們便沉沉入睡，不動如山；黎明未至便再度上路。這段時間內只發生過一件事：那場冰雹，下得激烈凶猛，讓他恍然大悟，原來罩袍與笠帽具有特殊用途。石族人龜立即縮入各自的甲殼躲避，還好，當初那套裝備就放在身邊，那時他感到非常慶幸。

五、六個星期之後，他們走出了遼闊的圓石區，眼前盡是岩塊，聳立成峰、成針、成鋸齒，交錯縱橫，纏疊不清。不過石族人穩穩當當地向前，沉著地駕馭巨龜穿梭各種障礙，抵達一片天地。那塊區域裡處處湖泊鑲陷，溫泉淌流。寇斯瑪在那兒好好泡了個澡，一旁的猴群，在他眼中，倒比那些沉默不語的同伴更有人味。然後就必須出發了，再冒幾次風雨澆淋，再越過許多崎嶇險地，不同的僅是岩石的形狀與顏色。

石族的膚色極為深褐，體型比一般人稍矮。在他們寬闊的笠帽下，眼睛偶爾亮著礦物的光澤，冰冷而溜滑，彷彿水底一顆鵝卵石閃耀生輝。他們的指甲和牙齒堅硬得嚇人。寇斯瑪暗自猜測，他們應能一口咬斷一隻手。尤其值得一提的是，他們展現出無與倫比的毅力，耐操耐勞，極少離開龜背下地，對於冰冷、霜雹、寒風，完全無動於衷，臉上永遠看不出任何表情，言語無人能解，即使面容因說話略有活動，看上去仍與木頭雕像無異。

石族民情十分簡樸，僅有的財產是一根帶有彎石的牧杖，用來趕馭巨龜。另有一只皮囊，裡面存放一種原始棋戲的棋子，以鱗甲和獸角製成。寇斯瑪觀察發現，在霧中行走時，他們使用一種磁石來指引方向，那顆石頭永遠轉向北方。

他們所有的動作皆是無盡緩慢的跡印，但行事似乎毫不隨便草率；相反地，正因出於一種慎乎其微的嚴謹心態，舉止才會如此遲鈍。在這慢吞吞的生活中，蘊藏著強大無邊的力量，能預見其猛烈的爆發，一如沙漠中的風暴。至於他們的思想，若說是活的都嫌形容得太過火，因

為，他們似乎與那些巨龜共用一副腦袋，而龜獸的首要之務則是沉沉地抬起一隻腳，然後任由地心引力拉它重重落地，當然，會落在離原處稍遠一點的地方，不過得要等上許久之後。

由於他們對寇斯瑪未曾表露關切，卻也並無敵意，他反而不知道該如何看待自己，算是客人？還是俘虜？他強行壓抑著不耐與煩躁，活像個不稱頭的包裹，給搖搖晃晃地載往不知名的目的地，懷疑最後根本永遠見不著比他早二十年出發的那位「文人」。

然而，兩人終究見面了。那一夜，月光閃耀如爍石生輝。眾多石族都來聚會。生平第一次，寇斯瑪看見石族家庭：小石族互相打鬥，招數緩慢，優雅至極；女人在火堆旁忙進忙出，罩在畸形的衣袍之下，寇斯瑪如何也無法窺見她們的美麗。巨龜卸下了鞍具，扯咬著一種粗硬的草，其中一隻全身雪白，特別雄偉高壯，想必是頭公獸。寇斯瑪在一群群石族之間走動。不少男人休憩對弈，偶爾引發圍觀者一陣評論。沒有人轉頭看他，沒有目光注視，沒有朝他問話，對他一點興趣也沒有。怎麼？他心想，連個陌生人也當不成？於是他大聲嚷嚷起來：

「難道沒看見我和你們不一樣嗎？不覺得有趣嗎？你們到底聽見我說話了沒有？我跟你們不一樣！完全不一樣！你們聞起來像烏龜一樣臭死人了！」

「保持冷靜真不容易，不是嗎？」一個聲音從他背後傳來。「我是石男，就是您要找的人。」

寇斯瑪眼中盈滿淚水。他頹坐在地，頭埋在膝蓋上。

「石族似乎很欣賞您，」男人接著說：「在我之後，您是第一位終於抵達這裡的人，而且，讓我直截了當地說吧，我沒想到這麼快就能等到您，原以為從三十二頭像之約算起，他們還要帶您逛上一、兩年。」

「兩年？」

「這段時間僅用來讓他們適應您的存在。因此，我非常感謝您為了我在這段路上長途跋涉——溫泉湖泊、三千岩針、鵝卵石海……很少有人能撐得過來。」

「您怎麼會知道？我們才剛到而已呢！」

「有些人懂得解讀泥土上的痕跡，但沙漠的子民還知道如何解讀印在龜殼上的痕跡。任何一道刮痕、突起，甚至小得不能再小的著垢，都能當成線索；您的坐騎背上記錄著您曾走過的路線，只要瀏覽一圈，我就能猜出您途中

經過哪些地方。」

「精彩極了！但是，光這麼說，我還是不明白，為什麼我會在這裡，為什麼您將這份請求傳達到邊境的堡壘，還有，為什麼您又讓人在三十二頭像把那封信交給我？」

「您知道，我跟石族已經來往三十多年了。在您這個年紀時，我已經在沙漠度過兩次冬天。帝國對邊疆上這支民族一點也不感興趣；他們既不造成威脅，也不是財富來源。結果，我們兩支民族比鄰而居，卻形同陌路。三十二頭像確實提供了少許見面的機會，在那兒，我們每年更新鄰國友好條約，彼此交換幾件禮物。然而，沙漠實在太遼闊、太荒蕪，我國大臣根本無意拓展這份微薄的關係。至於石族，他們的形象已根深蒂固：竊賊、野獸及頭腦魯鈍，背負著這樣的名聲，他們卻也無所謂，反而樂得過著人人稱羨的寧靜生活。」

「照這情況看來，一切再好也不過。可沒有人想為了他們的礫漠跟他們起爭執。如果您擔心的是那項沙漠圍牆的計畫……」

「不、不，我知道那項計畫，也認識支持築牆的那位部隊隊長：那個可憐的傢伙，只能牢牢寄望那個異想天開的怪念頭，否則整個人會因失落和無聊而消沉……」

「所以呢？」

「石族外表看起來溫吞懶散，內心其實非常擔憂。他們知道大漠能將一切作廢，包括時間和空間；所以他們猜想，有一天這一切恐怕會就此消逝，無影無蹤。剛開始幾趟旅行途中，他們接納了我。後來，他們發現我會寫字，在某次三十二頭像之會見上，他們提出請求，要我留在他們族裡，為他們寫歷史，因為，他們想將這套石族史書存放到帝國大圖書館中……」

「太好了！」寇斯瑪說：「我們就去把書找來，然後回國……」

「別這麼急，我發現，有些很有意思的事情正開始進行。跟我來，我們靠近些……」

在石男與寇斯瑪交談之時，石族已經升起一個大火堆，並圍繞著營火聚集起來。其中一位開始說話，其他人洗耳恭聽。不過，除此人之外，應該很難遇到這樣蹩腳的說書人了：他完全不去吸引聽眾，無論姿勢、表情、聲調之抑揚頓挫還是目光中的熊熊火焰，總之，所有那些能提升說書藝術的訣竅，他都不知該如何運用；不，他只一句

接著一句，叨叨絮絮地念出混亂不合邏輯的字語，語氣平淡至極。石男興致勃勃地聽著，寇斯瑪什麼也沒聽懂，並懷疑他的新朋友有自行添油加醋之嫌；畢竟，那種語言遠比他曾聽到過的所有話語都難以入耳。此外，聽眾也沒有反應，彷彿個個精疲力盡，沮喪無神。寇斯瑪仔細觀察石族。難道他們睡著了嗎？並沒有，因為聽眾之中，有個男人突然發出鬼怪般的狂吼，彷彿心臟正中一擊；隨後，便由他將故事接續下去。然而，在他周遭，卻沒有人顯現任何動靜。過了一陣子之後，另一名男子做出相同的舉動，接手講述故事，然後又是一聲吼叫震天……依此類推，故事在黑夜及群眾中繞了一圈，從一個人傳到另一個人身上，氣氛令人昏昏欲睡，卻又規律地被鬼吼聲打斷，宣告發言權即刻轉讓。

「不同凡響，不是嗎？」石男說。

「我看不出哪裡不同凡響。」寇斯瑪回答，他已經打起瞌睡。

「您剛剛聽到的只是石族和礫漠的歷史。但對他們每個人而言，這部歷史只有在非常特殊的時刻才與他們相關。因此，他們才會輪流講述……」

「他們講的就是您所寫的那部歷史？」

「這些故事，數量和石族人口一樣多，因為每個人都要寫一冊。在這上面我花了二十年光陰。現在，讓我們休息一下吧！明天我再帶您去看那些書。」

隔天，他們從營地出發，在滿是洞穴的砂岩山中走了三個小時。最大的山洞裡容納了上千個小甕，狀似雕在軟質石頭上的葫蘆。

「我能體會您有多驚訝，」石男微笑著說：「石族非常欣賞我書寫速度之快，不過擔心紙張的品質不夠牢靠，於是發明了這些甕殼來保存他們的書冊。」

寇斯瑪驚愕得說不出話來。

「您必須將這整套史書搬回京城，這是石族獻給其他人類的禮物。」石男繼續說道。「一切都已設想周到。重要的是：這些書一定要走遍整座沙漠，才能永遠訣別。放心，這段朝聖之旅已完成了絕大部分，剩下這段路，我會陪您走完。您希望什麼時候出發？」

「愈快愈好！」

「迫不及待，總是那麼迫不及待……」

不到幾天的時間,旅隊組成。百來頭巨龜,精挑細選,體格特別強壯,「書本」就由牠們載運。石男對寇斯瑪表示了點心意:「這是給您的禮物。」

就是那頭雪白巨龜。這讓寇斯瑪感到些許驕傲,他當下發表一番演說,以茲感激。但是,他那番感謝的話所得到的回應卻是明顯的漠然。

寇斯瑪學著自己駕馭坐騎,這才發現,那原來是件困難的技藝,需要極大的力氣和一心不亂的專注本領,因為巨龜除了動作緩慢之外,勁道非常強大,個性更頑固無比。他花了好久的時間,才終於領悟:最好順著石獸的節奏走,讓自己學學龜族,保持清醒的半眠狀態。這麼一來,思緒脫韁,不可思議地任意漫遊,令人眼花撩亂的驚奇處處展現,難以預料。而在這些經驗之上,或許,一個平靜的內在將逐漸成形。行路之餘,他開始欣賞沙漠,享受隱藏在大漠單調外表下的各種微妙變化。風暴和冰雹使

他堅強,石族的語言已不再陌生。那種語言的音響類似鵝卵石在河床上滾動,既鏗鏘又流暢。途中休息時,他們便把保護在石殼裡的書本卸下,因為石族堅持讓它們「睡在土地上」。寇斯瑪下了好幾盤棋,其中一局幾乎延續整段旅程,也就是說,十八個月。不過,最後他全盤皆輸。

某天,在石男面前,當他對石族古怪少見的詭異緩慢特性表示驚訝,石男教他認識一種生活在沙漠的鳥類。這種鳥用嘴喙挖掘,在石頭下翻找糧食,牠們的甲殼如上了釉彩般美麗。那是掘地鵪鶉,很願意讓人親近幾步,但若感到危險威脅,能以驚人的速度縮進殼中不見,狀似一顆閉門隱居的貝殼。石男對同行的石族說了句話;三十呎外,掘地鵪鶉斜眼盯著他們。石族用彈弓發射一顆小礫石,不偏不倚擊中鳥頭,但寇斯瑪卻根本來不及看到男人開始任何動作呢!石男大笑起來,而射鳥的石族男子早已恢復平時的緩慢⋯⋯

到了三十二頭像,石男與寇斯瑪擁抱告別,將載運叢書的百龜旅隊的指揮大權交付給他。五十名石族伴他繼續前行。返鄉之日已近在眼前的感覺讓寇斯瑪萬分激動,

甚至，光是想到能再見到崗哨站小小的蹤影，和駐守在那兒瘋瘋癲癲的部隊長，都彷彿一樁即將實現的大事件，令人一天比一天歡喜。到了最後，他決定快速前進，催促之下，進度提前了三天，卻又隨即耗去；因為，石族發出抗議，他們的靈魂還遠遠落在後面，一定要等心神全部到齊，才能重新出發。

他們的抵達在崗哨站引發一陣極大騷動，大家原以為寇斯瑪已永遠失蹤。部隊隊長氣急敗壞，巨龜讓他的牲畜驚慌亂竄，龜獸的氣味令人作嘔，他不要這些石族敗類出現在他的堡壘周圍……

寇斯瑪幾乎沒作停留，隨即再度上路。

他們穿越一些鄉鎮，家家戶戶大門深鎖；經過一些村落，人潮聚集，觀看他們的隊伍，當他們是稀奇的動物，孩童們喊著：「讓開，讓開！沙漠髒鬼的叢書來了！」總算到了第一座大城，卻發現城門緊閉。士兵已在城牆下部署就位，地方行政官員來找寇斯瑪，告訴他，離髒水溝兩步之處，有個地方可以紮營。寇斯瑪受辱難堪，石族則始終紋風不動。麻煩愈來愈多，在這村必須涉水過河，人們

推說巨龜太重，會把橋樑壓垮，對人畜造成嚴重危難；在那莊得賠償一個村民，因為旅隊經過時，他的羊群奔逃潰散，羊隻因而受傷。尋覓糧食變得十分困難，在好幾個地方，人們朝他們丟擲石頭，幸好，跟沙漠的風暴比起來，這算小巫見大巫。寇斯瑪寫了一封又一封信寄往京城，請求保護。然而，沒有一夜過得安寧，巨龜一點也不習慣這樣的嘈雜，有時幾乎突然發怒，連轡繩都被扯斷。此外，每個晚上都得找一座糧倉，妥善存放整套史書。

就在這樣的情況下，某天夜裡，寇斯瑪被喊叫聲吵醒。放置寶物的糧倉失火，石族努力安撫巨龜，而旁邊竟有一群人滿懷憎恨，注視著火焰，哈哈大笑。熊熊烈火燃燒整晚。待灰燼終於冷卻，寇斯瑪幫忙石族收拾他們的物品。所有書冊都燒光了，徒留石甲，失去實體的空殼。僅僅一個晚上，石男的畢生心血全數灰飛煙滅。事態嚴重。一位朝廷大臣同意專程移駕，向石族陪罪，提出歉意，遭到婉轉拒絕。寇斯瑪命人裝載空石殼，重新上路，轉回沙漠。這一次，回程沿途受到保護。

石男在三十二頭像等他。石族靜靜地聚集在空殼周圍。拭去覆蓋在表面的汙黑塵土後，石殼露出漆亮的光

澤。沙漠之旅途中，千百種微小顆粒偶然嵌入石頭中，而在大火燒烤之下，石殼結晶玻璃化。然而，甕中的書冊已成灰燼。寇斯瑪頹然崩潰，石男則注視著石族——他們將石甕分發給每個人，相較於甕裡黑麻麻的塵灰，他們寧可信任大漠刻劃在表殼上的野生字跡。

「石男，我對不起您。眼看著您的作品受到摧毀，我卻完全無力阻止。」寇斯瑪喃喃說道。

「雖然並不很確定，但我相信，石族比較中意書冊的新樣式。您看，每個人都認出自己的石甕：彩釉石殼告訴他們的，遠比我所能寫的多出更多。此外，他們也確定，以這樣的形式，石族的『書』能穿越亙古。事實上，他們或許是對的。但帝國犯下了一個嚴重的錯誤。石族永遠不會忘記這次的屈辱。您看看三十二頭像。」

寇斯瑪轉頭去望那些岩怪。其中一尊換了位置。

「這三十二尊頭像，」石男接著說：「其實是石族與帝國之間的一盤棋，從幾千年前就已開局。根據事件的發展，他們決定如何移動棋子。比方說，歷史叢書焚毀，於是他們替帝國走了一步棋。現在，該石族出手了。他們會花時間慢慢考慮，然後在適當的時機走棋。不過，若他們想讓帝國陷入危境，相信我，沒有任何城牆能夠阻擋……那麼，寇斯瑪，您決定往後何去何從？離開，抑或是回到我們這裡？」

「我要跟隨你們，」寇斯瑪說：「之前未曾告訴您，但其實我相當思念沙漠！」

兩人一起爬上寇斯瑪的白色巨龜，回頭朝三十二頭像凝望最後一眼。他腦海中忽然浮現一句話，那是小時候坐在學堂板凳上時，學到的唯一一句關於石族的話：

「石族，為棋戲的發明者。」

石漠牧場上，擠取龜乳。
沙漠雌龜所分泌的乳汁與哺乳類相似。
石族用龜乳製造乳酪，那是他們的基本
糧食。

乾酪項鍊

石族先將親人躺放在一具藍色龜甲中，然後埋葬。
由三十二顆豎起的石頭所排列的圓圈標示了墳墓所在。
亡者的牙齒放在一只小盒中，
代表他的「話語」得以保存。
引發石族之間戰爭的唯一原因，
就在於爭奪最尊貴的齒罈。

石男的史書著作和石殼甕

石族葬禮

對弈者

岩狼

掘地鵜鶘

躲避暴風雨的石族人

石族傳統服飾

綁成南腳的奴工

穿越帝國村鎮的石族旅隊

棋子

帝國的軍官和士兵

濟諾塔島
L'île Quinookta

有些島嶼，棲息在汪洋之中，宛如花朵盛開，它們的芳香隨風飄散遠方，灑落到波浪的褶彎裡。
水手嚮往之，船艦景仰之。然而，另有些島嶼，禍心包藏，虎視眈眈地盯著天際，
盼望有艘揚著白帆的船來此停靠，體驗這個中繼站不懷好意的待客之道。

　　那是個一月的早晨，黎明的天邊泛著灰色亮光。信天翁號，一艘三百噸重的武裝獵鯨艦，正在南海上航行，貨艙裡滿載鯨蠟，吃水更顯沉重。船艦二副隆尼上尉負責值守最後一段夜班，布瑞博克船長則剛現身甲板上。兩個男人同時發現，從左舷掛錨桅架指著的方向望出去，地平線上閃耀著一抹亮光。布瑞博克船長執起長筒望遠鏡眺望。有那麼幾秒鐘，視鏡中顯現，微微的晨曦中射出一束絢爛虹光。他揉揉眼睛，通常會看見這樣的幻覺，都是因為過於疲累。再次觀察的結果顯示，那道亮光源自一塊隆起的陸地，很可能是一座島。

　　他命令艦艇往那個方向航行，船上的飲水開始短缺，他希望能在那兒補充足夠存水。

　　接近中午時，信天翁號繞過一座林木茂密的長形半島，半島從島嶼彎圓的岸邊延伸入海。整座島呈圓錐狀，顯然是一座火山。艦艇在東南方一座小灣拋下船錨，此處

能遮風避浪。操作完畢，布瑞博克下令執行上岸覓水之艱鉅任務。一艘救生船降至海面，裝備了一些空桶。隆尼上尉與六名隊員跳上小艇，朝海灘划游過去，找尋最適當的靠岸點。他將救生船擱置在一條河流的出海口附近，跳上陸地，朝著水流在黑沙灘上蝕出的溝渠前進。在本島與半島連接之處，有一座峽谷深壑，這條河便從其中流出。河水苦鹹混濁，不過，沿著河道往上游走，應該能找到比較乾淨清涼的淡水。他交代兩名隊員留下看守小艇，帶領其餘四人隨他前行。

很快地，船艦已出視線之外，不久後，路旁出現樹林，枝葉遮蔽之下，小艇也不見了蹤影。起初，他們幾人在垂至河中的低枝間行走，一不小心就陷入淤泥之中，泥深及膝。到了稍微高一點的地方，水流從松針與巨蕨之間的圓滑岩石上淌下。他們很高興又能踩到踏實的土地。前路不再緊張，泥土與樹木的味道令人陶醉，他們開心地互相潑濺，笑聲在茂密的葉蓋下迴盪。他們歡歡喜喜地喊著彼此的名字，活像小孩子似地，快樂之中摻染著些微恐懼。那發現新大陸後隨之而來的恐懼之情，神祕兮兮，卻又極為刺激。

隆尼上尉可不像他們那樣無憂無慮。壓在他肩上的那副無形重擔，始終卸不下來。這幾個月以來，跟這些水手一樣，他一直苦苦忍受著船長布瑞博克，他暴戾獨裁，惡行惡狀。簡直像一頭野獸，以鐵腕管理掌控部下，剛愎自用、輕賤他人，仗著權勢、藉稱義務，天生個性凶殘，發作起來不可收拾，絲毫無法收斂。三年了，他對船員動輒辱罵、刁難，施以虐待，這個男人把信天翁號變成人間地獄，而他就是霸道的閻羅王。

上尉仔細觀察了一連串涓流泉湧的淺池之後，下令將水桶裝滿。此處水質清澈，誘人興起入河沐浴的念頭。他決定給幾名手下一刻鐘自由時間，那等於是過一小時天堂般的生活。他自己則提著長槍，在附近短暫探險。走了還不到兩百步呢！就聽見一隻野豬低噪，非常清晰易辨。隆尼止步不動，手指扣在扳機上。不過動物也已警覺，沒入矮林之中，一下子就竄到獵槍射程之外，失去蹤影。上尉聳聳肩，回頭尋找手下，他們也都已梳洗完畢。再一次，他無法視而不見，看看他們的背脊與腰側，被皮鞭狠咬、鹽分啃蝕，留下多麼慘不忍睹的傷痛。他們輪流挑運水桶，走回救生船，然後登上艦艇。

隆尼向布瑞博克簡單扼要地報告了當地狀況，並自作主張，加以補充：島嶼提供野味來源，利用一天的時間，辦場小型打獵，對改善甲板上一成不變的生活不無助益。船長破口大罵，祖宗八代都搬出來：像這樣無能的船隊，連一把霉潮的餅乾屑都不如。上尉靜候風暴平息。他命人再放下一艘救生船，與其他所有船員同心協力，來回三趟，在黑夜降臨前補足了艦上的用水。布瑞博克宣布：早上天一亮，信天翁號就要啟航。

然而，隔日卻海上無波，空中無風。船艦動也不動，天氣愈來愈熱，所有桁桅嘎吱作響，船錨困在融鉛般的汪洋中。到了正午時分，空氣已呈白熱狀態，隨便動一下都熱得受不了。布瑞博克認為這樣的天氣最適合擦洗甲板，便命令所有人員跪在滾燙的木板上。船員們磨拭著甲板，氣喘吁吁，淋漓汗水朦朧了雙眼，已是極限；但他踱來踱去，從船首走到船尾，扯開嗓子鬼吼鬼叫，手上還揮著一截測水深用的粗繩，隨時等著對開口抱怨辛苦的人抽鞭。一小桶水翻潑在他腳邊，給他第一個用刑的好機會。

闖禍的是個年僅十四歲的可憐男孩，在船上當見習水手。當然，布瑞博克把這件事看成是對他的侮辱，而且，

第一個倒楣的是個小傢伙，非常合他的心意。於是，他高高舉起手臂，準備揮下繩鞭處罰罪人，而酷熱的天氣突然給了他靈感，他要施行一次更能殺雞儆猴的懲戒。布瑞博克命令他爬到一枝高桅頂端，滑下來，然後再爬上去，如此反反覆覆，不滿意就不喊停。重複懲治了不知幾次，到後來，男孩全身發抖，力竭虛脫，癱倒在一堆粗繩之中，昏死過去。船長瞧著他冷笑了幾聲才轉身走開，離去之前不忘禁止任何人上前救助，亦不許給他水喝。

晚上的氣溫未如預期，沒帶來絲毫涼意。到了早晨，三名船員失蹤，那見習水手吉姆也跟他們一起潛逃。

針對此事，布瑞博克憤怒的程度可想而知。他吶喊狂吼，簡直像隻魔鬼。他的前額暴出青筋，勾勒出一條條怒江，雷電交加、江水洶湧，眼看就要決堤氾濫。

「這些該死的傢伙，看我不把你們痛打一頓才怪！這艘船上大麻繩很多，足夠替你們每個人編一條絞索，把你們吊在桁樑上，聽見沒有？！你們吃了我不少糧食，今後我會讓你們嚐嚐別的滋味！若沒親手把你們推入地獄油鍋，我誓不為人！」

在每次咒罵炮轟之間的空檔，他定定地站在每個人面

前，大酒桶般的體格，如公牛那麼粗壯的脖子，雙眼狠狠瞪著他們，嘴角掛著一抹目中無人的冽笑：

「除了神明之外，我是這船上唯一的主宰。更何況，像你們這種下三濫的廢物也不會有神明保佑。只有這隻手，看清楚，這隻手會從後頸掐緊你們的皮，只要你們在我船上，受我指揮，就絕不鬆開！隆尼，派六個人跟你一起去把那群人渣抓回來，看我怎麼活整他們！帶上彈藥和長槍，假如他們想從你面前逃走，大可不必手下留情！」

二副尉官按令行事。他令人武裝一艘小艇，划到岸上，率先帶領搜索小隊下船。他研究沙灘上的足跡：先出現在船艦右邊，然後朝岩石前去，岩石封閉了西北方的小灣。然而，根據此處的地勢研判，向上攀爬是絕無可能。叛逃者在退潮時游走了。不過，這片沙灘在漲潮時，仍會有部分暴露出來，而那裡卻未見有任何足跡。料想他們應該是游到了遠一點的地方，然後避人耳目，沿著海岸，步行到前一天找到的那條河的出海口，故意讓流水淹沒他們的腳印。當然，見習小水手吉姆的身體狀況十分虛弱，但抱著絕望賜予他的力量，或許他也成功地抵達清溪。於是，隆尼決定循這個方向去找：這是一條進入島嶼深處的捷徑。

他走過淺水灘，記得第一天那些手下曾在此沐浴。他們背上一條條的刀傷再度浮現眼前。這次悲絕的潛逃事件讓隆尼好不為難：怎麼能說他們有錯呢？

他斷然停下腳步，轉身面對手下，決定攤牌：

「這些可憐的傢伙根本沒有活路。吉姆身體虛弱，在山裡長時間行走絕對撐不住。我們很快就能抓到他們。你們也聽到了，船長說要親手殺了他，或者更慘，要讓他一輩子殘廢。我提議乾脆加入他們，和他們一起擬定個計畫，你們怎麼說？」

隊上那六名男人猶豫起來。背上叛亂的罪名，下場不是被終生放逐就是遭受絞刑。那就表示，永遠再也沒機會見祖國一面。只能不斷往前逃，這艘小船失去了母港，沒有可暫時停靠的中繼站，沒有旗號，將漂泊世界汪洋，任憑擺布。斟酌了好長一段時間後，其中一名說話了：

「隆尼上尉說得有理。難道你們已經忘記了嗎？日復一日，月復一月，我們一直要忍受多麼蠻橫的暴力相向？船隊人員少了一半，布瑞博克絕不會離開，所以我們還有一點時間。讓我們找回同伴，奪下艦艇。對我來說，我再

也受不了被當成奴隸畜牲一般對待。」

少數服從多數，用這個方式做出決定。一個接著一個，最後每個人都贊同這個意見。

他們繼續溯水流而上，仔細查看峽谷坡地，未能發現逃亡者絲毫蹤跡。攀上岬角山稜之後，島嶼東南岸的景觀展現眼前，同時也看得很清楚：那座火山錐的直徑恐怕長達十五至二十里。事實上，乍看之下，這座島的形狀頗像從長梗上剪下的一朵大花；梗莖就是那截長形半島，從黑沙雙子灣中央向外延伸，逐漸收縮，至尾端最窄。信天翁號就停泊在最南邊的小灣裡。隆尼利用長筒望遠鏡仔細檢視另一座沙灘：那兒也一樣，沒看見任何腳印。他用衣袖揩去額頭上的汗水，摩挲後頸提神。決定最好還是繼續朝溪河上游攀進。

林木遮蔭之下，天色早早昏暗，搜索行動不得不提前中斷。睡時常有蒼蠅飛來，黏在眼皮上不走，他們飽受騷擾，徹夜難眠。

天還未亮，他們已然起身。看來，這天將比前日更酷熱難捱；才一大早，潮濕的暑氣已讓他們喉頭乾渴，如火灼燒。

艦艇上，布瑞博克船長再次怒氣高漲。野獸的本能告訴他，隆尼已經發動背叛，永遠不會把逃走的人員帶回來。他隨便挑了一名水手來出氣，指責他怠惰職守，當著其他所有船員面前，將他抽打至鮮血直流。每一次長鞭揮下，可憐的受難者疼痛難當，嗚咽哀鳴，而行刑的劊子手則咒神怨鬼，罵聲震天。

此時，隆尼帶著手下，仍緩緩向上攀登，手腳並用，努力爬越凸滑的岩石，河水奔躍其上，浪沫飛濺，瀑流潤潤。斜谷中，這裡荊棘滿布，那裡落石坍方，沒有一條平坦小徑能稍微紓解辛苦。現在，他們能看到半島最尾端了。居高臨下，信天翁號僅如蟲蠍一般大，釘在絲絨大海上，微小而富含劇毒。然而，他們雖離那充滿怨毒酷熱的煉獄愈來愈遠，卻益發覺得，好像又被一張大網困黏，比剛才逃脫出的那張更實更密。彷彿有一道目光，非人、無情，如影隨形時時緊盯，見他們排除萬難費力接近，暗暗竊喜。他們幾乎能感受到，這目光就貼黏在他們汗水淋漓的皮膚上，亦步亦趨，隨他們亂步踩空，側耳凝聽他們疲憊不已的身軀氣喘吁吁。這感覺常令他們猛然一百八十度轉身，警戒地緊握長槍，這在寂靜的光天化日之下，顯得

分外可笑。他們朝上尉望去，驚慌失措，喉嚨深處卡著一團焦慮。正在如此六神無主之時，突然出現一群野蠻人，將他們團團圍住，其恐怖醜惡，難以想像。

接下來的幾天，信天翁號上什麼事也沒發生。大火爐般的三伏天裡，一切靜止。而在這樣寧靜的氣氛裡，失蹤事件更壓得人喘不過氣。經過一番思索，布瑞博克已決定把叛亂者棄留島上，只待風起，就要啟航。他在甲板上來回踱步，腰間掛著手槍，詛咒天上那顆玩弄他影子的火球，辱罵這艘破船，罵那一張張帆一點用處也沒有，比掛在假鼻子上的手帕還不如。他派人日夜看守船艦四周，威脅船員，誰敢妄想加入逃亡者和搜索隊那群混蛋的行列，必定立即轟了他的腦袋。

在他們抵達後的第十一夜，河邊突然起了一陣嘈雜，夾雜著節奏簡短切分的喊叫及喉音混濁的歌聲，聲響愈鬧愈大。沙灘上亮起火光，許多黑色身影包圍上來，以極為古怪的方式亂舞亂蹈。很快地，沙灘這一整區被照得通紅，宛如火窟烈焰。其他黑影顯現，像一個個包裹似地被抬出來，叫聲變得加倍響亮。在這陣喧喊之上，鼓聲隆隆

迴盪，震耳欲聾。那真是世界上最難以忍受的聲音，就連配合每次火光燃旺而四處竄出的魔鬼般笑聲，都沒那麼恐怖。即使每位水手都經過風暴千錘百鍊，此時卻無一人不覺得五臟六腑都要被翻掏出來。甚至，那些曾昂然立於噴濺著雪雨冰雹的呼嘯狂風之中，站在一波波橫衝直撞的凌亂船桅裡，從最野蠻的龍捲風倖存下來的；那些在雷電交加的深夜裡，艏柱遭雷擊爆發出巨響也面不改色的；還有那些，當艦艇有如一頭病獸躺平，船身所有部位格格作響，從每個艙口嘔出瀑布般的浪沫時，連哼也沒哼一聲的……如今，一聽見黑暗中那鼓聲拍擊，卻個個像小孩一般害怕得全身發抖。

「食人族！」船長低吼。

聽得這個字眼，他們彷彿被甩了一耳光。他們恢復了鎮定，取而代之的是一股想殺人的衝動和急躁：這些年來對船長所累積出的恨意，突然全數轉到新敵人身上。他們毫不遲疑地佩帶兵器，有的拿長槍，有的帶斧頭，有的持鐵鉤，甚至不須等到令下，便投擲小艇下海，準備不惜一切，搶救同伴，如果，他們還算是同伴的話。布瑞博克明瞭此刻如何也拉不住他們，於是棄置艦艇，顧不得謹慎小

心，和他們一起登上小艇，自己也抓了一支船槳，他雙手強壯有力，緊握之下，船槳已被折彎。

　　眼看頭兩艘小艇只剩三十幾噚就能抵岸，森林中卻突然噴湧出無數野人，朝他們直奔而來，同時叫嚷喧天。石彈弓箭如冰雹般紛紛落在水手們身上，他們則齊發火槍回報，三名進攻者中槍直直倒下，同族野人卻在一旁傻笑。第二波發射又擊斃兩人、六人受傷，蠻族因而潰散四逃，水手們趁機下船。

　　那場肉搏戰激烈而混亂，對船隊而言簡直殘酷無比，毫無勝算，他們寡不敵眾，一一喪命。布瑞博克以船槳當武器，雙臂輪揮，如伐木工人般發出吆喝聲。但蠻族愈來愈多，不一會兒，整個船隊僅剩他一人獨戰。一支狼牙棒正要朝他當頭劈下，蠻族酋長忽然用一隻手指指著他，只說了一個字就讓揮棒者停下來：「濟諾塔。」船長立即被十來個野人包圍，推擲倒地。

　　食人族重新開始準備他們野蠻的慶典。男人忙著升更多火堆，女人在沙灘上挖掘大洞，孩子們抱著滿懷樹枝回來，經過躺平在地的水手屍體時，滿意地舔舔嘴唇，發出歡愉的噪聲。大鍋架在凹陷的沙坑裡，旁邊堆放著各種可食用的樹根，數量不斷增加；一長列少女，一個緊接著一個，源源不絕，持續供應這些糧食，她們的動作流露出食肉族貪婪凶殘的優雅。火焰劈哩啪啦地射出血紅色的光芒，照映在戰士們的胸膛上。他們微笑著，露出兩排悉心磨利的尖牙，個個爭先恐後，眼珠子骨碌骨碌地轉動，對著禽鳥的羽毛和骨頭張大鼻孔。許多野人穿上船員們的舊衣衫，扮相滑稽古怪，最恐怖的是，其中一人鬈髮蓬亂的頭上竟然戴著小吉姆的呢帽。準備工作完成，整支部落開始唱歌跳舞，摩擦著肚皮，頭往後仰，可憎的皮鼓也加入演奏之列。

　　船長是唯一沒在這次盛宴被吃掉的人。

　　整整兩天兩夜，他等待命運之神的安排，被迫眼睜睜地觀看這地獄般悲慘的景象。酋長時時過來看他，頸子上的貝殼人骨項鍊喀啦碰撞。酋長傾身靠近他，重複著這個字：「濟諾塔。」

　　蠻族好不容易吃飽，決定拔營離開，便在他脖子上套了一條樹皮繩索，牽他走到火山半山腰，那座落於森林中的村子。他被安置在一個支柱架高的籠子裡，遭到細心

監視，白天晚上都有老婦前來，給他帶上番薯和蕨根煮成的粥，但他幾乎碰也不碰。偶爾，他生出力氣，不再默默拒食抗議，開始對她們盡情辱罵，五十年來四處航行所累積出的豐富詞彙全部用上。然而，老婦們不但不駁斥，反而回以欣然受辱的神采，並沙啞地說著同一個字：「濟諾塔。」

一天晚上，野人走進他骯髒的小窩，把他迎接出來，待之如一株珍貴罕見的植物。他們為他戴上三層花葉頭冠，佩戴貝殼項鍊；用咀嚼某種樹皮許久之後所萃取出的紅彩替他塗臉。他們在他破爛的制服上潑灑乳汁。整座村子的野人都伴隨他一起上路。走了兩小時之後，到了一處像是花園的地方，雖經過開墾，但倒不如說是綠地中一個大坑，周圍的籬笆粗陋，髒汙的血漬斑斑。入口擺著一排骷髏，尖細的軀幹頂上，頭顱守護此處。部落裡的老婦們終於從土裡拔起一顆顆巨大的球根，上面抽長著一大叢鮮豔的綠葉。她們的腿老化變形，捧著球根搖搖晃晃，以女祭司的莊嚴姿態，將它們一個一個獻給每位族人。不遠處，一堆柴火上，野豬佳餚就快烤好，十來個健壯的男人在一旁虎視眈眈，而其他族人也很快地靠攏過來。真是個

打牙祭的好機會，凡遇這種場合，每個人都要展現出暴飲暴食的拿手本事。

天光漸漸驅除黑夜的暗影，大家排成一長列，依次走出花園。布瑞博克雖然穿著自己的衣服，還戴著他們為他配飾的可笑花環，卻毛骨悚然，覺得自己彷彿全身赤裸。有種什麼東西正窺伺著他，細細觀測，甚至探進他的肝腸內臟。那東西沒有名稱、沒有感情，但每一步都令人愈發感受到其存在。部落在一株樹前停下。樹上最高的枝幹傲視群枝，突然舒展開來，如絲絨般柔滑地猛然爆發，平凡的綠葉上方顯現第二層枝葉，閃耀著華麗的虹光。筆直的樹幹向上衝高，頂著一扇綴著單眼的棕櫚葉，孔雀開屏般搖擺炫耀那色彩變幻繽紛的羽葉，所有「眼睛」都朝船長注視。這株樹美麗非凡，光靠這麼一株樹，這座凶厄之島以卑劣下流方式呈現出來的一切噁心醜陋，皆得以銷抵。

「濟諾塔。」酋長發話，將可憐的布瑞博克往前推。

於是大家繼續前進。

稍遠一點，另一株樹也展開葉屏，彷彿藉此打了信號，幾百株孔雀樹發出窸窸窣窣的巨響，全數將散布著虹光彩眼的羽葉轉向那被野人稱為濟諾塔之人。蠻族看夠了

表演，牽著俘虜繼續走，這次，牽的是他的手。此時，他們已非常接近島嶼最高峰。陽光直射之下，最後幾株孔雀樹為他列隊開屏，絢麗多彩，熱鬧繽紛。

死亡儀式的遊行即將結束，部落來到島嶼頂峰，站在火山山巔之上，火山斷口尖石鋒利如牙。懸崖邊緣有座平坦的大石塊，火山煙和硫磺氣不斷從下方冒出。石塊非常寬闊，能容納整個部落。根據詭異的規儀，這裡是蠻族祭祀之處。他們按規行事，開始排列隊伍。蔬果祭品被一個一個地扔進深淵裡，野人們左右搖擺身體，拍擊手掌，節拍分明地吟誦著三個音節，音量逐漸增強，終至震耳欲聾：「濟—諾—塔，濟—諾—塔，濟—諾—塔。」接

著，上演船長的最終下場：輪他遭黑色岩塊的大口吞噬。

就在同一時刻，一陣大風吹斷了信天翁號的纜繩。沉重的艦艇原地打轉，被一股無形的力量推動，然後，緩緩遠離島嶼，宛如一艘幽靈船，揚著所有白帆，好比掛起一條條裹屍布。

黑夜降臨時，信天翁號消失在地平線上。

孔雀樹闔上豔麗的葉屏。島嶼吃飽了，也跟著沉沉入睡。它要等待黎明，清醒過來後，追蹤下一批受害者。不久後，它又將展開那一層斑斕枝葉，閃耀華美虹光，另一艘艦艇將航經它的海域，由另一位船長率領，另一位「濟諾塔」。

從半島望去，停泊在海上的信天翁號。

濟諾塔島上之天堂鳥

孔雀果。生果肉是一種致命毒藥。
煮熟之後，卻是美味可口且無害的佳餚。

孔雀樹闔閉時的葉子。
它們會轉向任何出現在海上之物。

濟諾塔戰士。
弓箭和狼牙棒上的刺牙都塗了劇毒。

孔雀樹闔閉時之島景。

孔雀樹開屏時之島景。

捧著蔬果祭品的
老婦們

濟諾塔即「帶來食物之人」。
島上的原住民學會辨別，在一艘船艦上，
誰眞的有資格被冠上這個稱號。
他必須性情暴戾，充滿恨意，怒氣勃勃，
並且「野蠻」。他愈凶猛，
就愈對火山口的味。

巫師面具

濟諾塔現身村落

關於作者

法蘭斯瓦・普拉斯 François Place

　　出生於1957年，在艾司田學校（École Estienne）主修視覺傳達，並曾從事動畫創作。普拉斯熱愛閱讀各種歷史方志、地圖、旅誌，《歐赫貝奇幻地誌學》花費他整整十年心血才繪製完成，在法國境內及歐洲各地獲獎無數；其中幾則故事已另衍生出單獨成冊的故事書。

　　普拉斯著作等身，其中有獨立的圖文作品，也常和其他創作者合作，插畫作品常見於伽里瑪出版社（Guides Gallimard）。著作中最為人稱道的，除《歐赫貝奇幻地誌學》之外，尚有榮獲十一項文學獎、描述民族探索歷程的《最後的巨人》（*Les Derniers Géants*），獲法國蒙特勒伊（Montreuil）書展2007年出版大獎的《戰爭的女兒》（*La Fille des Batailles*），以及獲義大利波隆納國際兒童書展2012年文學類大獎小說《歐赫貝的祕密》等多部作品。

關於譯者

陳太乙

　　資深法文譯者。譯有《追憶逝水年華：第一卷 斯萬家那邊》、《哈德良回憶錄》、《長崎》、《拇指男孩的祕密日記》、《泛托邦》、《論哲學家》等小說、繪本、科普、人文、哲史等各類書籍五十餘冊。曾以《現代生活的畫家》獲臺灣法語譯者協會文學類翻譯獎。

ATLAS DES GÉOGRAPHES D'ORBÆ

—— Du pays de Jade à l'île Quinookta

J-Q

大人國叢書 19

貝赫歐
幻赫奇
學誌地

從翠玉國到濟諾塔島

Du pays de Jade à l'île Quinookta
Text and illustrations by François PLACE
Original French edition and artwork © Editions Casterman 1998
Text translated into Complex Chinese and © China Times Publishing Company 2024
This copy in Complex Chinese can be distributed and sold in Taiwan, Honk Kong,
Macau and the rest of the world, but excluding PR of China.
All rights reserved.

ISBN 978-626-396-247-7
Printed in Taiwan

作者：法蘭斯瓦・普拉斯 François Place｜譯者：陳太乙｜責任編輯、企劃：石璦寧｜主編：陳盈華｜封面設計、排版：陳恩安｜版型設計：張瑜卿｜校對：沈慧屏

董事長：趙政岷｜出版者：時報文化出版企業股份有限公司｜地址：108019臺北市和平西路三段240號｜發行專線：02-2306-6842｜讀者服務專線：0800-231-705、02-2304-7103｜讀者服務傳真：02-2304-6858｜郵撥：1934-4724時報文化出版公司｜信箱：10899臺北華江橋郵局第99信箱｜時報悅讀網：www.readingtimes.com.tw｜創造線FB：www.facebook.com/fromZerotoHero22｜法律顧問：理律法律事務所／陳長文律師、李念祖律師｜印刷：勁達印刷有限公司｜二版一刷：2024年5月24日｜定價：新臺幣 660 元

時報文化出版公司成立於一九七五年，並於一九九九年股票上櫃公開發行，於二〇〇八年脫離中時集團非屬旺中，以「尊重智慧與創意的文化事業」為信念。

歐赫貝奇幻地誌學. J-Q，從翠玉國到濟諾塔島／法蘭斯瓦‧普拉斯（François Place）著；陳太乙譯.
-- 二版. -- 臺北市：時報文化出版企業股份有限公司，2024.05｜144面；26×19公分. --（大人國叢
書；19）｜譯自：Atlas des Géographes d'Orbæ : Du pays de Jade à l'île Quinookta｜ISBN 978-626-396-
247-7（精裝）｜876.57｜113006055

ATLAS DES GÉOGRAPHES D'ORBÆ

—— Du pays de Jade à l'île Quinookta

J-Q

大人國叢書 19

貝赫歐幻奇誌學地

從翠玉國到濟諾塔島

Du pays de Jade à l'île Quinookta
Text and illustrations by François PLACE
Original French edition and artwork © Editions Casterman 1998
Text translated into Complex Chinese and © China Times Publishing Company 2024
This copy in Complex Chinese can be distributed and sold in Taiwan, Honk Kong, Macau and the rest of the world, but excluding PR of China.
All rights reserved.

ISBN 978-626-396-247-7
Printed in Taiwan

創造線

作者：法蘭斯瓦·普拉斯 François Place｜譯者：陳太乙｜責任編輯、企劃：石璦寧｜主編：陳盈華｜封面設計、排版：陳恩安｜版型設計：張瑜卿｜校對：沈慧屏

董事長：趙政岷｜出版者：時報文化出版企業股份有限公司｜地址：108019臺北市和平西路三段240號｜發行專線：02-2306-6842｜讀者服務專線：0800-231-705、02-2304-7103｜讀者服務傳真：02-2304-6858｜郵撥：1934-4724時報文化出版公司｜信箱：10899臺北華江橋郵局第99信箱｜時報悅讀網：www.readingtimes.com.tw｜創造線FB：www.facebook.com/fromZerotoHero22｜法律顧問：理律法律事務所／陳長文律師、李念祖律師｜印刷：勁達印刷有限公司｜二版一刷：2024年5月24日｜定價：新臺幣 660 元

時報文化出版公司成立於一九七五年，並於一九九九年股票上櫃公開發行，於二〇〇八年脫離中時集團非屬旺中，以「尊重智慧與創意的文化事業」爲信念。

歐赫貝奇幻地誌學. J-Q，從翠玉國到濟諾塔島／法蘭斯瓦·普拉斯（François Place）著；陳太乙譯.
-- 二版. -- 臺北市：時報文化出版企業股份有限公司，2024.05 | 144面；26×19公分. --（大人國叢書；19）| 譯自：Atlas des Géographes d'Orbæ : Du pays de Jade à l'île Quinookta | ISBN 978-626-396-247-7（精裝）| 876.57 | 113006055